U0016565

決戰王妃外傳
王子與侍衛

THE SELECTION STORIES
THE PRINCE & THE GUARD

綺拉・凱斯 Kiera Cass 著
賴婷婷 譯

CONTENTS

王子

1

我來回踱步，想趕走身體中的焦慮感。王妃競選即將到來——這可能就是我的未來——聽起來眞嚇人。但現在呢？嗯，我也不是那麼肯定了。

我們已經匯整好人口調查資料，數字也檢查過好多遍，並重新配置宮中人員，備好服飾、用品，以及爲即將到來的賓客所準備的房間。所有人都充滿動力，既期待又害怕。

對女孩們而言，自她們塡好申請表的那一刻起，競選就展開了——目前大概有幾千人繳交申請表了吧。但對我而言，王妃競選是在今晚開始。

我滿十九歲，我有資格了。

我在鏡子前停下來，再一次調整領帶。今天晚上，會有比平常更多雙眼睛看著我，我看起來必須自信滿滿，像個王子，符合大家的期待。確定萬無一失之後，我才前往父王的書房。

沿途中，我朝著顧問大臣或熟悉的衛兵點頭示意。很難想像，再過不到兩個星期的時間，皇宮的走廊上會出現許多女孩子。我敲敲書房的門，這個動作也依照父親要求，充滿堅定力量，我似乎永遠有新課題要學習。

就算是敲門，也要展現權力，麥克森。

不要一直來回踱步，麥克森。

動作快點，聰明點，再更好一點，麥克森。

「進來。」

我進入書房，父王的視線迅速從鏡中的倒影上移開，跟我打招呼。「啊，你來了，你媽媽等一下就過來，你準備好了嗎？」

「當然。」我回答。除此之外，其他答案一律不接受。

他手伸過來，抓起一個小盒，放在我面前。「生日快樂。」

我拆開銀色的包裝紙，底下的黑盒子裡放著全新的袖口鏈釦。父王可能太忙了，忘記我的聖誕節禮物也是袖口鏈釦。也許國王就是這樣，也許等我成爲國王，我也會不小心送兒子兩份相同的禮物。當然，在那之前，我得先找到一個妻子。

妻子。我用嘴唇輕輕唸著這兩個字，但沒有唸出聲，太陌生了。

「謝謝，我現在就戴上。」

「你肯定希望今晚有最佳表現，」他說完便離開鏡子前。「王妃競選是眾所矚目的大事。」

我對他露出苦澀的笑容。「我自己也很關心。」我猶豫著是否要告訴他自己有多焦慮，畢竟他也曾經歷過這一切，過去他肯定也曾有過懷疑。

我臉上的緊張感肯定很明顯。

「振作點，麥克森，這應該是件令人期待的事。」他鼓勵我。

「是令人期待，我只是有點驚訝這一切發生得這麼快。」我專心把金屬釦穿過袖子上的洞口。

他發出笑聲。「對你來說很快，但我可是已經籌備好幾年。」

我瞇著眼睛，從手上的動作抬起頭說：「這話什麼意思？」

這時門打開，母后走進來。她還是一貫地優雅美麗，父王見到她，雙眼為之一亮。「安柏莉，妳看起來好美！」他說著，一邊走過去迎接她。

她一如往常微笑著，彷彿不敢相信有人會注意到她，然後給父王一個擁抱。

「希望不會太搶眼，我不想模糊大家的焦點。」說完她放開父王，走過來，緊緊抱著我。「兒子，生日快樂啊。」

「媽，謝謝。」

「你的禮物就快來了，」她低聲說，然後轉向父王，「那麼，我們都準備好了嗎？」

「是啊，我們都準備好了。」他伸出手臂，她挽起他的手，我也走到他們身後，一如以往。

「王子殿下，大概還要多久呢？」一名記者問道。攝影機燈光打在我臉上，一股炙熱的感覺。

「這星期五就會抽出所有女孩，下星期五，女孩們才會抵達皇宮。」我回答。

「殿下，您緊張嗎？」另一個聲音問道。

「你是說，娶個自己從來沒見過的女人，而且要在一天之內決定嗎？」我眨眨眼，圍觀群眾們咯咯發笑。

「王子殿下，這件事你一點都不緊張嗎？」我努力不讓表情透露出我對這個問題的想法，只是以一般態度回應，希望這個方向是對的。

「相反的，我很期待。」大概吧。

「我們知道您會做出最好的選擇，殿下。」一道攝影機閃光燈令我視線模糊。

「看這裡，看這裡！」其他人大聲叫道。

我聳聳肩。「我也不大確定。但是，願意委身於我的女孩，頭腦應該不是很清楚吧。」

他們又笑出來，我趁機就此打住。「不好意思，有家人來看我，我不想對他們失禮。」

我轉過身，背對記者和攝影師，深呼吸一口氣。難道整個晚上都會像這樣？

我環顧大廳——餐桌鋪上深藍色桌巾，燈光耀眼，盡顯華麗——我似乎無處可逃，一角是達官貴人，另一角是記者，完全沒有能安靜休息的地方。大家可能會以爲這場生日宴會是爲我舉辦的，所以一切由我決定，以我希望的方式進行，但實際上完全不是這樣。

我一逃離人群，父王的手臂就立刻襲擊我的背部，抓住我的肩。這壓力和突如其來的關注，令我情緒緊繃。

「微笑。」他壓低聲音命令說，我照他的話做，他則朝著那些特別貴賓的方向輕輕點頭。

我剛好與黛芬的眼神交會，她和她父王遠從法國而來，爲的是討論貿易協定事項，剛好碰上我的生日宴會，這點讓我覺得很幸運。黛芬是法國公主，我們時常碰面，她大概是我認識的人之中，不是家人、卻又最像家人的人，而在這場宴會中，能有個熟悉的面孔令人感覺好很多。

我對她點頭，她舉起手中的香檳酒杯。

「你不能用這麼嘲諷的語氣回答問題，你貴爲當今王儲，他們需要你的領導。」父親放在我肩膀上的手抓得特別緊。

「抱歉，父王，我以爲這是個輕鬆的派對——」

「嗯，你弄錯了。在記者面前，我希望你的態度更認眞一點。」

他停下腳步，面對著我，眼神陰鬱堅定。

我再次微笑，知道他會希望我在大衆面前這麼做。「當然，父王，是我一時判斷錯誤。」

他放下手臂，把香檳酒杯舉至嘴邊。「你好像常這樣。」

我冒險看了黛芬一眼，並翻個白眼，她因此笑出來，她太明白我的感受了。父親的雙眼循著我的視線看到房間另一邊。

「那個女孩總是那麼美！可惜她沒辦法參加抽籤。」

我聳聳肩。「她很好，但是我對她從沒有那種感覺。」

「很好，否則就太愚蠢了。」

我巧妙迴避這個話題。「而且，我很期待能與真正的候選者碰面。」

我說出這個想法，他趁機再次提醒：「麥克森，也該是你做出一些生命中真正選擇的時候了，好的選擇。你一定會覺得我的方法太過嚴厲，但我要你看清楚自己的位置多麼重要。」

我壓抑住一聲嘆息。*我已經試著做出選擇，但你並不真的相信我。*

「別擔心，父王，我對選擇王妃的任務非常認真。」我回答，希望我的語氣能讓他放心一點，讓他知道我有多認真。

「這不只是要找到一個能長久相處的人，像你和黛芬，你們很合得來，但是選她的話就完全浪費了。」他又喝下一大口酒，並對我身後某個人揮揮手。

我得再次克制臉上的表情。這對話的方向讓人不大舒服。我把雙手插在口袋裡，視線掃過室內。「我可能得去繞繞。」

他揮揮手，注意力回到飲料上，我快步離開。我努力試著了解，但還是不明白這一切意謂什麼。他沒理由對黛芬如此無理，她甚至不是王妃候選者。

大廳人聲鼎沸，人們告訴我，伊利亞舉國上下都在等待這一刻：對新王妃感到很興奮，對我即將成爲國王感到很激動。這是我頭一次感受到那股能量，而且很擔心這股力量會把我壓垮。

我和人們握手，優雅地收下那些用不上的禮物，還悄悄問其中一位攝影師他的鏡頭是哪一種，我親吻家人、朋友們，以及一些陌生人的臉頰。

最後，我終於有暫時獨處的時間了。我環視人群，確定自己該去某個地方。我找到黛芬，她朝著我走過來，我很期待能跟她好好聊上幾分鐘，但是得等一下。

「你玩得開心嗎？」媽媽邊問邊朝我走來。

「我看起來開心嗎？」

她把雙手放在我熨燙整齊的西裝上。「是的。」

我微微一笑。「這樣就好。」

她歪著頭，臉上浮現一抹溫和的微笑。「跟我過來一下。」

我向她伸出手，她高興地握住我的手，我們到走廊上，相機喀啦喀啦的聲音此起彼落。

「明年可以不用這麼盛大隆重嗎？」我問。

「不大可能。那時候你差不多結婚了。你的妻子可能會希望精心準備，慶祝和你在一起的第一年。」

我皺著眉頭，在她面前，我不需要刻意假裝。「也許她也喜歡低調一點。」

她輕聲笑著。「不好意思，親愛的，會參加王妃競選的女孩應該都不喜歡低調。」

「妳也是嗎？」我大聲問道。我們從來沒聊過她進宮的情況。這是我們之間很奇怪的不同之處，但也是我很珍惜的一點：我在宮中長大，但她卻是選擇進宮的。

她停下來，面對我，臉上的表情很溫暖。「我當時被電視上那張臉迷得神魂顛倒，每天都只想著你父王，就像現在成千上萬的女孩子每天只想著你。」

我想像著她在宏都拉瓜，還是個年輕女孩的時候，頭髮在後方編成辮子，深情凝望著電視螢幕，我能想像只要他一開口講話，她就讚嘆不已的樣子。

「所有女孩都會幻想成爲王妃的生活，」她補充說道，「穿著長及地的禮服，戴上皇冠……在我名字被抽到前的一個星期，我腦中想的全是這些。那時我還不明白，一切不只是這麼簡單。」她的臉色變得有些哀傷。「我沒想到會有那麼大的壓力，或是幾乎沒有隱私。但是，嫁給你的父王，生下你，」她的手輕撫過我的臉頰，「對我來說就是美夢成眞了。」

她凝視我，微微笑著，但我可以看見淚水在她眼角打轉，我得再讓她說些話才行。

「妳不後悔嗎？」

她搖搖頭。「一點都不後悔。王妃競選改變了我的人生，我認爲這可能是最好的改變，這就是我想和你說的。」

我瞇起眼。「我不確定自己能否了解。」

她嘆了一口氣。「我出身第四階級，原本在工廠裡工作。」她伸出手。「我的手指乾燥龜裂，髒東西總是積在指甲裡，我沒有關係、沒有社會地位，沒任何過人之處能當王妃……但我還是來到這裡了。」

我盯著她看，還是不明白她的意思。

「麥克森，這就是我送給你的禮物。我答應你，我會盡我所能用你的角度，而不是以王后、母親的角度來看這些女孩。即便你選的女孩出身多麼卑微，即使其他人認爲她一文不値，我會永遠傾聽你的理由，也會盡全力支持你的選擇。」

停頓了一下之後，我明白了她的意思。「父王沒有得到全力支持嗎？妳沒有嗎？」

她站起來。「每個女孩都有優缺點。有些人只會看見你選擇的人最壞的缺點、看見其他女孩最好的優點，你會不明白，爲何他們心胸如此狹隘。但是無論你的選擇是什麼，我都會站在你這邊。」

「妳總是如此。」

「確實啊，」她挽起我的手臂說。「而且我知道，以後在你心中，另一個女人會比我重要，理應如此。但麥克森，我對你的愛永遠不會改變。」

「我對妳的愛也不會改變。」我希望她聽得出來我的眞心。我無法想像有什麼情況會減少我對她絕對的崇拜。

「我知道。」她輕推我一下，提醒我們該回到宴會上了。

進入大廳，微笑和掌聲迎接我們，我考慮著母親的話。所有認識的人之中，她的慷慨大方無人能及，那是我努力想實踐的特質。所以，如果這是她的禮物，一定是我需要的，只是現階段我還無法完全理解。母親從不輕率給予他人禮物。

2

人們逗留得比正常的宴會時間久，這是享有特權必須犧牲的另一件事。我想：大家都不希望皇宮舞會結束，即使皇宮方面想結束都不行。

我把來自德國聯邦、已經喝得爛醉的高官交給衛兵照顧，感謝皇家顧問大臣們帶來的禮物，親吻幾乎每一位經過皇宮大門的女士的手。在我看來，我已經盡了自己在這裡的責任，只想有幾小時能安靜一下。但就在我逃離那些流連忘返的賓客時，看見了一雙深藍色的眼睛，我高興地停下腳步。

「你一直在躲我。」黛芬說，她戲謔的語氣及輕快的聲調聽得我好開心。她講話的方式總是帶著音樂感。

「完全不是那樣，參加宴會的人比我想像的多。」我回頭看著那群人，他們還冀望能看到初昇的陽光穿越皇宮玻璃。

「你父王很熱衷營造這種盛大場面。」

我笑了，很多事情我從未明白說出口，但是黛芬似乎總能理解。有時候這讓我很緊張，究竟不知不覺中，她看穿了多少我內心的想法？「我想他超越自己了。」

她聳聳肩，然後說：「至少在下次之前。」

我們沉默地站在原地，但我感覺她還想說些什麼。她緊咬嘴唇，對我低聲說：「我可以私下和你談談嗎？」

我點頭，讓她挽著我的手臂，陪她到走廊邊其中一間接待室。她安靜不語，直到我把門關上。雖然我們也常私下談話，但她這個樣子，讓我覺得有點忐忑不安。

「你沒有和我跳舞。」她說，聽起來非常傷心。

「我完全沒跳舞啊！」這次父王堅持請古典音樂家，那些第五階級的人其實才華洋溢，但他們演奏的音樂比較適合慢舞。或許吧，如果我想跳，我會選擇和她共舞。但在場每個人都在問我未來的神秘妻子，這樣做感覺很怪。

她唉聲嘆氣地在房間裡來回踱步。「回去之後，我可能得和某個人約會，」她說。「他的名字是佛德烈克。當然啦，我以前見過他，他的騎術很棒，長得也很英俊。比我大四歲，我想這是爸爸喜歡他的原因。」

她回過頭看我，臉上帶著一抹微笑。

我對她露出一個無奈的笑容。「究竟要到哪裡，我們才不需要事事都得到父親的認同？」

她咯咯發笑。「可能要消失吧，但我們根本不知道該怎麼生活。」

我以笑聲回應她，很慶幸有人能和我一起開這些事的玩笑，有時這也是唯一的對應方式。

「是啊，爸爸是很認同他，但我還是在想……」她的視線移到地上，突然很害羞的感覺。

「妳在想什麼？」

她站在原地半晌，視線定在地毯，最後那雙深藍色眼睛專注看著我。「你贊成嗎？」

「贊成什麼？」

「佛德烈克。」

我笑著說：「我沒有資格說話吧？畢竟我從不認識他。」

「不，」她說，她的聲音瞬間變得微弱。「不是關於他這個人，是這整件事，你贊成我和這個人約會嗎？甚至是嫁給他？」

她的臉色凝重，似乎在掩飾什麼我不明白的感覺，我不知所措地聳聳肩。「我沒有資格同意或不同意，這件事，恐怕連妳自己都由不得。」我提醒她這點，同時替我們兩人感到哀傷。

黛芬扭著雙手，似乎很緊張，又或者是很受傷。我不太明白她爲何如此。

「所以這件事情完全不令你困擾嗎？就算不是佛德烈克，還有安東尼，不是安東尼，還有蓋倫，總之有一大堆男人等著我，我與他們的情誼都不及我們情誼的二分之一。但即使如此，我還是得選一個人當丈夫，你不在意嗎？」

這聽起來眞讓人覺得有些憂鬱。我們一年很少見面超過三次，但我可能也會說，她是我最親近的朋友。我們眞悲慘，可不是嗎？

我嚥了一下口水，試著尋找適當的話語。「我很確定一切會順順利利的。」

然而，黛芬的眼淚毫無預警地細流而下。我環視整個房間，試著尋找原因或解決的方法，但每過一秒鐘，都只讓人覺得越來越不舒服。

「麥克森，拜託你告訴我，你絕對不會照他們的話去做，你不能！」她哀求地說。

「妳在說什麼？」我急切地問。

「王妃競選啊！拜託，別娶一個陌生人，也別讓我嫁給一個陌生人。」

「我必須這麼做，伊利亞王國的王子都是如此，我們得娶平民百姓。」

黛芬跑上前來，抓起我的手。「但是我愛你。我一直愛著你。至少先問問看你父王，能不能選擇我，拜託不要就這樣娶其他的女孩。」

她愛我？一直愛著我？

我震驚得無法言語，試著尋找適當的切入點。「黛芬，怎麼會……我不知道該說些什麼。」

「說你會問問你父王，」她懇求我，並滿懷期望地擦去眼淚。「先暫緩王妃競選的事，給我們足夠的時間，至少看看我們值不值得一試。或者讓我也加入競選。我願意放棄公主身分。」

「請別再哭了。」我低聲說。

「我辦不到！我就快永遠失去你了，我做不到。」她把頭埋進雙手裡，低聲啜泣。

我站在原地，呆若木雞，深怕自己讓情況更糟。緊繃的時刻過後，她抬起頭來，眼神呆滯，然後開口說話。

「你是唯一眞正懂我的人，也是唯一我覺得能眞正了解的人。」

「了解並不等於愛。」我反駁她。

「麥克森，不是這樣的，我們相處過，但這份情誼即將被破壞，一切就只因爲傳統習俗。」她仍舊定睛看著房間正中央某個點，此刻我猜不出來她在想些什麼。顯然，我一向不是很注意她的想法。

最後，黛芬轉過來對著我。「麥克森，算我求你，去問你父親，就算他不允許，至少我也盡力試過了。」

然而我已經知道現實情況如何，我必須對她坦白。「黛芬，妳已經盡力了，結果就是如此。」我伸出雙臂，一會兒後，無力地放下。「只能如此，我們不會有其他結果。」

她凝望我好長一段時間，她知道，假如我對父王提出如此膽大包天的請求，也不會得到什麼好結果。她似乎正努力地想著其他可行方案，但很快就明白沒有，她是那頂皇冠的僕人，我也得效忠我的皇冠，我們的人生注定不會有交集。

她點點頭，整張臉又垮下來，淚流滿面。她慢慢走到一張沙發旁，坐下來，穩定自己的情緒。我站在原地不動，希望別再刺激她，讓她更悲傷。我想逗她笑，但這一切沒什麼好笑的。我根本不知道自己能傷害一個人的心。

我當然不喜歡這種感覺。

就在此時，我明白這是一件再尋常不過的事。接下來幾個月，我會拒絕另外三十四名女孩。要是她們都這種反應，我該怎麼辦？

我深呼吸一口氣，想到這點就好疲累。

聽到我的呼吸聲，她抬起頭。慢慢地，她臉上的表情變了。

「你完全不傷心嗎？」她問我。「麥克森，你真的不是很會演戲。」

「我當然覺得心煩。」

她站起來，默默地打量我。「但是你心煩的理由與我不同，」她低聲說。她走過房間，央求地看著我，「麥克森，你愛我。」

我站在原地不動。

「麥克森，」她更用力地說，「你愛我，你愛我。」

我得把頭別過去，她的眼神太過炙熱。我一隻手梳過頭髮，努力把自己的感覺化為言語。

「我從未見過任何人像妳這樣表達情感。我不懷疑妳說的話，但是黛芬，我辦不到。」

「但這並不表示你不懂得怎麼去感受，你只是不知道如何表達。你的父親冷若冰霜，你母親又都躲在自己的世界，你從未見過人們自由自在地相愛，所以你不知道如何表達。但你感受得到，我知道你能，你愛我就像我愛你一樣。」

我緩緩搖頭，害怕又說出其他會再度開啓同樣話題的字句。

「吻我。」她要求我。

「什麼？」

「吻我。如果你吻我，然後還能說你不愛我，那我再也不會提起這件事。」

我退後幾步。「不，很抱歉，我辦不到。」

我並不想向她坦白我多麼不想做這件事。我不確定黛芬吻過幾個男孩，但她肯定吻過其他人。幾年前的夏天，我和她在法國時，她親口對我說過有人吻過她。所以在這方面她勝過我，我不可能讓自己在這一刻出更大的糗。

她的哀傷轉爲憤怒，同時漸漸往後退，遠離我。她笑了一下，但是眼神中沒有一絲快樂。

「所以這就是你的答案了嗎？你說不要嗎？你選擇讓我離開嗎？」

我聳聳肩。

「麥克森．席理弗，你眞是個白痴。你父母親完全把你教壞。是啊，有一千個女孩讓你挑，但那些都不重要。你太愚蠢，眞愛就在面前，你卻看不出來。」

她擦乾淚水並順順身上的禮服。「我向上帝祈禱，從此不會再見到你。」

她跨步離開，此時，我胸前那股害怕的感覺變了，我抓住她的手臂，我並不希望她永遠消失啊。

「黛芬，我很遺憾。」

「別爲我感到遺憾，」她冷冷地說，「爲你自己遺憾吧。你會找到一個妻子，因爲你必須盡責，但其實你早就知道眞愛在哪裡，卻讓它離開。」

她猛力一拉，把手抽開，留下我獨自一人。

祝我生日快樂。

3

黛芬總是散發櫻桃樹皮和杏仁的味道，從十三歲起，她的身上就常有這種氣味。昨天晚上的她就是這個味道，即使她說再也不想見到我時，我也聞到了那股香味。

她手腕上有一道疤，是十一歲那年，她爬樹留下的擦傷痕跡。那是我的錯，那時候的她比較男孩子氣，加上我慫恿她——應該說是刺激她——跟我比賽，看誰最快爬到花園邊緣的其中一棵樹上，然後我贏了。

黛芬極度懼怕黑暗，我也有自己害怕的事，所以我從不拿這點開玩笑，她對我亦是如此。總之，我們從不拿眞正重要的事開玩笑。

她對蚌殼類過敏，最喜歡的顏色是黃色。不知爲何，就算要她的命，她都不會開口唱歌，但是她會跳舞，所以我昨晚沒邀她跳舞，可能更讓她失望透頂。

十六歲那年，她寄給我一個新的相機包，作爲聖誕禮物。但其實我從未表示過想丟掉舊的。這對我而言意義深重，因爲她清楚我的喜好。總之，我後來換了她送的相機包，而且一直用到現在。

我蓋著被單，伸展四肢，把頭轉向那個相機包，很想知道她花多久時間才挑到適合我的款式。

也許黛芬說得沒錯，我們的情誼比我想像的多，我們偶爾拜訪彼此、電話交談，造就了今天的情誼，所以我從未幻想過要更進一步。

現在，她正在回法國的班機上，佛德烈克正等著她。

我下了床，脫下那身皺襯衫和西裝褲，走到淋浴間。以清水洗去生日宴會殘留在我身上的一切，試著趕走腦中的思緒。

但我無法不去想她不斷指控我的心的模樣。我眞的完全不懂愛是什麼嗎？難道我已經愛過，卻又把它丟棄？果眞如此，我又怎麼能完成王妃競選呢？

顧問大臣們拿著一疊王妃競選參選表格在宮中奔走，對我露出微笑，好像他們比我先知道什麼消息。時不時過來拍我背或低聲鼓勵我，他們彷彿能感應到——我突然對生命中一直篤定、希望的那件事情感到懷疑。

「今天這批很有希望。」某個人會這樣說。

「你眞是個幸運的男人。」另一個人也向我保證。

雖然眼前堆滿參選表格，但我腦中想的全是黛芬和她那些刺耳的話語。

我應該研究面前財務報告的數據資料，但我卻看著父王，是他毀了我的一生嗎？是他讓我無法對何謂陷入一段浪漫愛情關係有基本的了解嗎？我看過他與母后相處的情形，即使不算熱情，但他們之間的情感無庸置疑，這樣還不夠嗎？那應該就是我要追求的目標吧？

我看著遠處，心裡很掙扎。也許他是害怕我若要求太多，王妃競選對我來說會很難熬；擔心要是我沒找到能改變人生的另一半，會很失望。我還是別提起心中的期望比較好。

但也許他根本就沒有這些算計。也許他們只是很單純。父王爲人嚴厲，像把尖銳的劍，因爲他有統治整個國家的壓力，而我們的國家又不時面臨戰爭和反叛軍的威脅。至於母后，她則像張毯子，由於成長環境困苦，她爲人溫柔，只希望能保護別人、給別人溫暖。

我知道眞實的自己像母后多過於像父王。我是不在意，但我知道父王在意。所以也許他是故意讓我不懂得表達自己，部分是爲了鍛鍊我的心志。

你太愚蠢，眞愛就在面前，你卻看不出來。

「麥克森，發什麼愣。」我馬上把頭轉向父王的位置。

「父王？」

他的臉非常疲憊。「我告訴過你多少次？王妃競選是要你做出堅定、理性的決定，不是給你另一個做白日夢的機會。」

一個西裝筆挺的人進入房間，遞一封信給父王，我把面前那疊紙張在桌面輕敲對齊，然後說：「是，遵命。」

他閱讀那封信，我瞄了他最後一眼。

或許吧。

不。

不，終究，他希望我成爲一個男人，而非一台機器。

他低聲咕噥，揉爛那張信紙並丟進垃圾桶。「該死的反叛軍。」

隔天早晨，我在房間工作，享受美好的時光，避開其他人刺探的眼神。獨處的時候，我感覺工作效率比較高，即使效率沒提高，至少不用被責罵。但我想這種情況不會持續整天，因為有人找我過去了。

「你找我？」我問，並走進父親的私人辦公室。

「你來了，」父王說，他睜大雙眼，搓搓雙手，「就是明天了。」

我吸一口氣。「是啊，我們要預演一下首都報導節目的錄影工作嗎？」

「不用，不用。」他一隻手放在我背上，讓我往前走，在他的引領下，我立刻打直身體。「這不過是小事一樁。你就簡單介紹、和蓋佛瑞聊兩句，然後我們就宣布入選女孩的姓名和照片。」

我點點頭。「聽起來……滿簡單的。」

我們接近他辦公桌旁，他把手放在那疊厚厚的資料夾上。「就是這些女孩。」

我低下頭，盯著資料看，吞了一下口水。

「這其中大概有二十五位都有過人的特質，能成為完美的新任王妃。出身優秀家庭、在其他國家有人脈，這點可能非常有價值。另外有些人可能就是真的很漂亮。」他開玩笑地用手肘輕推我的肋骨，這跟平常的他很不同，我退到一旁，這可不是兒戲。「可惜，並不是所有省都能提出優秀的候選者，所以，為了讓整件事看起來更像是抽籤決定的，我們利用那些省來增加一些多樣性，你會發現我們有選到一些第五階級的，但最低就到這了，我們還是得有些標準。」

他的話在我腦中重複。一直以來，我都以為這是命運還是宿命……但其實一切都掌控在他手中。

他用拇指翻著那疊資料，紙張的邊緣一起發出啪啪聲響。

「你想看看嗎？」他問。

我再次看著那疊資料。名字、相片，以及一連串個人事蹟，所有的基本資料都列在上面。然而，我知道這張表格並不會問她們：什麼事情令她們高興？也不會鼓勵她們說出內心深處的秘密。上面描述了一大堆的豐功偉業，但不是在描述一個人。不用看這些資料，我猜她們是我僅有的選擇了。

「她們是你選的？」我的視線離開文件並轉向他。

「是的。」

「全部的人嗎？」

「基本上是，」他微笑地說。「就像我說的，有些人只是做做樣子，但是你已經很幸運了，比我以前好多了。」

「你父王也有幫你選嗎？」

「有些是，但那時候情況不同。爲什麼這麼問？」

我回想著他之前說過的話。「這就是你之前說過的，對吧？你說你花了好多年籌備這些事？」

「嗯，我們必須確認某些女孩年齡相符，在某些省，我們有一些選擇，但相信我，你會愛她們的。」

「我會愛她們？」

愛她們？說得好像他很在乎。這難道不是爲了讓王權、宮廷和他自己更向前一步的作法嗎？

忽然之間，我懂了他隨口說的那句「和黛芬交往太浪費了」的意思。他並不在乎我是否因爲她迷人或是個好伴侶而和她親近，他在乎的是，她是個法國人。

他根本看不上，而且他已經從法國得到需要的資源，所以黛芬在他的眼中毫無用處。但只要黛芬能證明自己的利用價值，我相信他會願意拋棄眾人期待的傳統，只要對他有利即可，但既然沒有，他就一手掌控王妃的競選過程。

他嘆著氣。「不要悶悶不樂，我以爲你應該滿心期待這件事。你連看都不想看嗎？」

我順順西裝外套。「就像你說的，別做白日夢，我就和其他人同時見到她們就好。沒事的話，我想先離開，我還得讀完你起草的修正案。」

還沒等他同意，我便先行離去。我想我的回答已足夠讓我離開。

也許他並不完全是在破壞我的人生，但這一切感覺像個陷阱。從他親自挑選的數十名女孩中找到一個我喜歡的女孩？怎麼會這樣？

我告訴自己冷靜下來。畢竟他選了母后，而她是如此善良、美麗、有智慧的人，但他當年似乎沒有受到這種程度的干擾。如他所言，因爲現在情況不同。

黛芬的話、父王的干涉，加上內心與日俱增的恐懼，我感覺自己從未如此害怕王妃競選這件事。

4

再過五分鐘，未來就要在我面前呈現，一想到這件事，我差點沒吐出來。

一位和善的化妝師正輕輕地替我擦去額頭上的汗水。

「殿下，您還好嗎？」她邊問邊移動手上的布巾。

「我只是在感嘆，妳有那麼多唇膏，卻沒有我的顏色。」

母后常說：「沒有我的顏色。」我總是不明白這到底是什麼意思。

聽我這麼說，她咯咯發笑，母后和她的化妝師也笑了。

「我很好，」我對著那個女孩說，並看著放置在攝影棚最後方的鏡子。「謝謝妳。」

「我也是。」母后說，那兩名年輕女子隨後離開。

我把玩著一個容器，試著不去想流逝的每一分每一秒。

「麥克森，親愛的，你真的還好嗎？」母后不是看著我，而是看著鏡中的我問，於是我也看著鏡子裡的她。

「我只是……只是……」

「我懂，對每個當事者而言，這件事令人緊張無比，但說到底，你就只會聽見一些女孩的名字，如此而已。」

我緩緩地吐一口氣，點點頭。這確實是一種看待的方法。一些名字，一切就是如此單純，只是一份名單，沒別的了。

我又吸了一口氣。

幸好我今天吃得不多。

我轉身走到布景區我的位置上，父王已經在等我了。

他搖搖頭。「振作一點，你看起來一團糟。」

「你以前是怎麼辦到的？」我哀求地問。

「我自信滿滿地面對這一切，因爲我是王子，你也會像我一樣。需要我提醒你嗎？你才是這場競選中大家爭取的目標。」他再次露出疲憊的表情，好像我應該早就要知道這些事。「她們會爲你競爭，不是你爲她們努力，你的生活並不會有什麼改變，只是有幾個星期，你必須面對幾位過度亢奮的女性。」

「要是我不喜歡她們任何一個人呢？」

「那就選一個你最不討厭的。選一個比較喜歡的，這很有用，不用擔心，我會幫助你的。」

如果他認爲冷靜思考就能得到結果，那他就錯了。

「倒數十秒。」某個人大聲說，母后走到她的座位上，對我眨眨眼，像是在安慰我。

「記得保持微笑。」父王提示我，並自信地轉向攝影機。

突然間，國歌旋律響起，有人開始說話，我知道應該專心聽，但我只能全心全意保持平靜和維持愉悅表情。

我沒有留意太多，直到聽見蓋佛瑞熟悉的聲音。

「晚安，陛下。」他說，我害怕地嚇了一下，這才發現他是在跟父王說話。

「蓋佛瑞，眞高興見到你。」

「您很期待公布入選名單嗎？」

「啊，是啊，昨天我在房間裡，已經先看到幾位，都是非常美麗的女孩。」

他說得如此流暢、自然。

「所以你已經知道她們是誰了？」蓋佛瑞滿心期待地問。

「就幾位而已，幾位而已。」信手拈來，不費吹灰之力的謊言。

「王子殿下，那請問國王有沒有和您分享這個資訊呢？」蓋佛瑞和我說話，他西裝翻領上的別針，隨著動作閃閃發亮。

父王轉向我，眼神提醒我要記得微笑，於是我邊微笑邊回答。

「完全沒有。我會和大家同一時間看見她們。」啊，我應該說「這些小姐」而不是「她們」。她們是貴賓，我這樣太不尊重。我小心翼翼地在褲子上擦去手中的汗水。

「王后陛下，」他轉向母后。「您對入選者有任何建議嗎？」

我看著她。她花了多久時間才讓自己變得這般泰然自若、完美無瑕？或者她向來如此？她害羞地歪著頭，這個動作連蓋佛瑞都要融化了。

「好好享受當平凡女孩的最後一天。明天起，妳的人生將永遠不同。」沒錯，小姐們，妳們和我的人生都將永遠不同。「最後送上一句老生常談卻很有用的話：做自己。」

「眞是充滿智慧的言語，我的王后，相當睿智。」他手臂往外一劃，轉身面對攝影機。「現在，就讓我們揭曉入選的三十五位佳麗。各位先生女士，請與我一同恭喜這些伊利亞王國的女兒們！」

我看著螢幕，畫面上出現國徽，角落留下一個小方格，顯示我的臉。什麼？他們要全程監視我嗎？

母后把她的手覆在我的手上，正好攝影機拍不到。我深吸一口氣，吐氣，然後再吸一口氣。

只是一些名字，沒什麼大不了的，又不是只宣布一個人的名字，而且王妃就是她。

「漢斯普特省的愛蕾娜·史多斯小姐，第三階級。」蓋佛瑞唸出卡片上的內容，我努力擠出一個爽朗一點的笑容。「威佛利省的菟絲黛·基浦小姐，第四階級。」他繼續說。

維持著看起來興奮的表情，我彎身朝著父王，低聲說：「我覺得不太舒服。」

「深呼吸就好，」他不動聲色地回答我。「我就知道，你昨天就該看了。」

「帕洛馬省的費歐娜·凱斯雷小姐，第三階級。」

我看向母后，她微笑地說：「非常美麗。」

「卡洛林納省的亞美利加・辛格，第五階級。」

聽到「第五階級」，就知道這肯定是父王為了做個樣子選出來的，我連看都沒看，因為此刻我的最新計畫就是瞪著螢幕，然後微笑。

「奧特羅省的米亞・布魯，第三階級。」

要記的太多了，等離開全國觀眾視線時，我再來記她們的名字和臉。

「克萊蒙特省，賽勒絲・紐桑，第二階級。」我挑起眉毛，其實我並沒有看到她的臉，但如果她是第二階級，肯定很重要，我最好表現出很驚豔的樣子。

「貝爾克特省的克萊麗莎・凱雷，第二階級。」

名單持續揭曉，我也微笑到臉頰發疼。我心裡想的只有：這一切對我來說有多麼重要——我人生中極重要的部分，就在這一刻大勢底定——但我甚至無法高興。如果我能獨自一人，在私密的空間裡選出她們，在其他人之前看到她們，那這一刻的感覺會有所不同嗎？

這些女孩屬於我，全世界的人大概都是如此看待這件事的吧。

但其實她們並不屬於我。

「就是這些女孩了！」蓋佛瑞宣布說。「這些就是我們美麗的王妃競選候選者。下個星期，她們將為皇宮之旅做準備，我們將滿心期待她們的到來。下星期五敬請鎖定首都報導特別節目，我們會帶你們認識這群引人注目的女孩。麥克森王子，」他邊說邊轉向我，「殿下，讓我在此恭賀您，她們真是一群出色的年輕女子。」

「真的令人讚嘆，無法言語。」我回答他，此話可一點都不假。

「殿下，別擔心，我相信下星期五這些女孩抵達時，她們會有很多話想說。至於各位觀眾，」最後他對著攝影機說，「別忘記鎖定國家公共頻道，就能得知王妃競選的最新消息。晚安，伊利亞王國！」

接著國歌的旋律響起，燈光逐漸暗下，我整個人終於放鬆下來。父王站起來，用力拍著我的背，嚇我一跳。「做得很好，你的表現比我預期的好很多。」

「我完全不知道發生什麼事了。」

他笑了笑，一群顧問大臣還留在錄影棚裡沒有離去。「我說過了，你是大家爭取的對象，不用給自己太大壓力。安柏莉，妳不覺得嗎？」

「麥克森，我向你保證，那些小姐們的煩惱比你還多。」她向我保證說，並搓搓我的手臂。

「既然你已經知道名單了，」父王說，「我也餓了，現在我們來享受一下最後幾次平靜的用餐時光吧。」

我站起來，緩緩步行，母后跟著我的步伐前進。

「其實我沒有記得很清楚。」我低聲說。

「我們會把候選者的相片和申請表給你，你有空的時候就能自己看。就像認識任何人一樣，就把這件事當作和你其他的朋友相處一樣。」

「媽媽，我沒有什麼朋友。」

她給我一抹了然於心的微笑。「是啊，你被困在這裡，」她同意地說。「嗯，那想想看黛芬吧。」

「黛芬怎麼樣？」我戰戰兢兢地問。

母后並沒有注意到我的反應。「嗯，她是個女孩子，你們兩個人一直都是好朋友，就當作和大家交朋友就好。」

我面向前方。母后不知道，她這番話安撫了我內心巨大的害怕，卻也激起另一頭的恐懼。

自從我們爭執過後，每次想起黛芬，我想的並非她和佛德烈克進展如何，也不是我有多麼懷念她的陪伴，而是她指控我的那番話。

如果我眞的愛她，不消說，我腦中一定無時無刻都是她的容貌。又或者，今晚公布候選者名單時，我會希望她的名字也能出現。

也許黛芬說得沒錯，我並不知道如何適當地表達愛意。但即使如此，我也越來越確定自己並不愛她。

我心裡某個角落很慶幸自己沒有錯過什麼，我可以不帶任何情感壓抑地進入王妃競選過程。但另一方面我也爲自己悲傷，如果我曾誤解自己的感受，至少我大可以說我曾經愛過某個人，知道那是什麼感覺。然而，我還全然不知。我想一直以來注定是如此吧。

5

後來我還是沒有閱讀那些申請表，我的理由很多，但最後說服自己的是：在正式認識之前，最好不要有先入爲主的意見。而且，父王已仔細了解過所有候選者的資料，但或許我並不想。

我讓自己和王妃競選這件事保持著適切的距離……直到一切正式開始。

星期五早上，我在三樓走著，聽見二樓開放式的樓梯井間傳來兩名女子如樂音般的笑聲。一個充滿活力的聲音，滔滔不絕地說：「妳相信我們在這裡嗎？」然後她們又再次發出銀鈴般的笑聲。

我大聲咒罵，跑進最近的房間。因爲我每次想到星期六要一次和所有女孩碰面，就覺得壓力很大。沒有人告訴我爲什麼那很重要，但我想可能和她們的造型裝扮有關吧。假如一個第五階級入宮，沒有人幫她，那我可不敢說她會有什麼勝算，所以也許造型裝扮是爲了讓一切公平吧。我謹愼地走出去，然後回到自己的房間，試著忘記剛才的突發事件。

但是第二次，我走到父王辦公室去送東西，聽見空氣中飄盪著我不認識的女孩的聲音，又令我整個人感到一陣焦慮。我回到房間，一絲不苟地清潔所有相機鏡頭，重新整理所有配備，一直忙到夜晚降臨。到晚上，那些女孩子會待在她們的房間裡，到時我就能出來走動了。

我這種個性常讓父王覺得很煩。他說我太常四處走動，他覺得很緊張。我能說什麼？走路能幫助我思考啊！

皇宮寂靜無聲。若非事先知情，我絕對猜不到那麼多人在這裡。也許是我太在意了，生活可能不會有太大的改變。

我朝著走廊的盡頭走去，預想的難題不停困擾我。如果其中沒有我愛的女孩，我該怎麼辦呢？要是她們都不愛我，又該如何是好？如果我的靈魂伴侶沒有被選上，只因爲她的省選出更有價值的候選者，那又該怎麼辦？

我坐在最上面的階梯，頭埋進雙手。我該怎麼做？我要如何才能找到我愛的，同時也愛我，父母親都同意，也受人民愛戴的女子？更別提，她還得有智慧、迷人、有教養、落落大方，能介紹給來拜訪我國的元首、大使認識。

我告訴自己振作一點，想想正面的問題。如果認識她們的過程非常快樂，那該怎麼辦呢？如果她們都很迷人、幽默而美麗呢？如果我最喜歡的女孩，出乎意料地超越父王的期待呢？也許我的眞命天女正躺在床上，爲我祈禱一切順利，是吧？

也許……我夢想中的一切會成眞，變成再眞實不過的事。這是我找到人生伴侶的好機會。一直以來，黛芬是我唯一能傾訴心事的對象，其他的人都不了解我們的生活，但現在，我能歡迎某個人進入我的世界，這比過去我擁有的任何事物都更美好，因爲……因爲她會屬於我。

而我也會屬於她。我們會互相支持。她之於我，就像母后之於父王——她安慰他、使他平靜、給他依靠；而我會引導她、保護她。

我站起來，往樓下移動，感覺充滿信心。我只要抓緊這種感覺。我告訴自己，這就是王妃競選對我眞正的意義，這是希望。

到達一樓的時候，我的臉上帶著微笑。我並非完全放鬆，但我意志堅定。

「外面……」有人驚訝地說，那脆弱的聲音在走廊上回響著。發生什麼事情？

「小姐，妳現在必須回房間去了。」我瞇起眼朝走廊上看，月光下，一名衛兵正擋住一個女孩，不讓她出去——女孩！周遭昏暗，所以我看不大清楚她的長相，但是她有一頭明亮的紅髮，彷彿蜂蜜、玫瑰和陽光組合成的顏色。

「拜託你。」她站在原地，身體顫抖著，似乎越來越痛苦。我走過去，打算先去看看再決定怎麼辦。

衛兵說了些話，我聽不大清楚。我繼續走著，想看清楚實際狀況。

「我……不能呼吸。」她說完便倒在衛兵的手臂上，爲了接住她，他的棍子也掉在地上，他看起來有點惱怒。

「放開她！」我命令說，總算來到他們面前，該死的皇宮規定，我不能讓這個女孩受到傷害。

「王子殿下，她剛剛暈倒了，想要去外面。」衛兵解釋道。

我知道衛兵只是想確保所有人的安全，但我能怎麼辦？「打開門。」我命令道。

「但是……王子殿下……」

我嚴正地看了他一眼。「打開門讓她出去。立刻！」

「是，王子殿下。」

站在門邊的衛兵動手開鎖，那個女孩搖搖晃晃，試著從衛兵的手臂中站起來。

門開啓的那一刻，安傑拉斯溫暖香甜的微風包圍我們。她裸露的手臂一感受到那股微風，便開始走動。

我走到門前，看著她步履蹣跚地走進花園。她赤著雙腳在鋪石路上行走，發出隱隱約約的聲響。我從來沒看過穿著睡袍的女孩子，雖然眼前這位年輕的女子在這當下並不是很優雅，但奇怪的是，她的模樣依然誘人。

我發現衛兵也正看著他，讓我覺得很困擾。

「至於你們，」我低聲說。他們咳了幾聲，轉回去面對走廊。「留在原地，除非我叫你們。」我給出指示，走進花園。

我很難看清楚她的樣子，但我聽得見她的聲音。她的呼吸聲沉重，聽起來幾乎像是在哭泣，希望並非如此。最後她整個人跌坐在草坪上，手臂和頭靠在一張石椅上。

她似乎沒注意到我接近她，於是我站在原地好一會兒，等著她抬頭看我。過一會兒之後，我開始覺得有些尷尬。我想，或許她會想謝謝我，於是我開口說話。

「親愛的，妳還好嗎？」

「我不是你的親愛的。」她生氣地說，倏地轉頭看我。陰影仍然遮蔽著她，但她的髮絲在銀色月光下閃閃發亮，隨著光線穿越雲層。

無論是明是暗，是否看得清楚她的臉，我已經完整接收到她的訊息，難道沒有一點感激之意嗎？「我做了什麼冒犯妳的事情嗎？我不是給了妳最迫切需要的空間嗎？」

她還是沒回答我，只是別過頭，繼續哭泣，爲什麼女人總是那麼容易哭？我不想無禮，但我必須問。

「不好意思，親愛的，妳還要繼續哭泣嗎？」

「別那樣叫我！比起你籠子裡其他三十四位陌生人，我才不是什麼親愛的。」

我露出微笑。我之前很擔心，這些女孩可能會竭盡所能表現出最好的一面，讓我覺得她們很出色，我非常害怕會花了幾個星期認識她們，認爲某個人就是眞命天女，但婚禮過後，她表現出的眞實個性可能令我無法招架。

不過，眼前這位女孩完全不在乎我是誰，她在責罵我！

我繞著她踱步，一邊想著她說的話，不知道邊走邊想的習慣會不會讓她覺得煩。如果會，她會告訴我嗎？

「這麼說就不公平了，妳們都是我的親愛的，我只是必須找出那位最親愛的，這是我的義務。」我說。沒錯，雖然我一直逃避著有關王妃競選的事，但那並不表示我不珍視這些女孩。

「你剛剛眞的說了『義務』嗎？」她不可置信地問。

「恐怕是的。原諒我，這是我的教育使然。」我回答她，並發出咯咯笑聲。她喃喃地說了些話，我聽不大清楚。「不好意思，妳說什麼？」

「太荒謬了！」她大吼說。我的天啊，她脾氣眞大。父王肯定沒有很了解這個女孩。想當然耳，如果他知道這女孩的個性，肯定不會選她的。算她幸運，在她如此憤怒的情況下，遇見的是我，不是父王，否則她五分鐘前就被送回家了。

「什麼太荒謬？」我問她。其實我滿肯定她指的是這奇怪的時刻，畢竟我自己也沒碰過類似的事。

「這場競選！整件事！難道你沒愛過任何人嗎？你就想要這樣挑一個妻子嗎？你眞的這麼膚淺嗎？」

眞傷人。膚淺？我在長椅上坐下，這樣比較好說話。不管這女孩是誰，我希望她能了解我來自哪裡，從我的角度看事情。我試著專注，不因爲她的腰、臀、雙腿，或甚至是赤裸的雙腳分心。

「我可以明白爲什麼我看起來如此，爲什麼這整件事看起來只像是廉價的娛樂節目。但真實生活中，我是個非常謹慎的人，我並沒有和很多女孩碰面約會，只有和外交官的女兒們往來，而且我們通常都沒什麼話聊，因爲我們得先努力說同一種語言才行。」我邊點頭邊說。

想起那些尷尬的時刻，我臉上浮現微笑。我必須坐著吃完冗長的晚餐，和隔壁的女人無話可說，其實我應該努力逗她開心，但最後我們總是陷入沉悶的氣氛，因爲翻譯都忙著說些政治議題。我看著眼前的女孩，期望她能理解，一起對我的煩惱一笑置之。但她雙唇緊閉，不苟言笑。我清清喉嚨，繼續說下去。

「環境就是如此，我還沒有機會墜入愛河。」我說，一面把玩自己的雙手。她似乎忘記，在王妃競選前我是不能談戀愛的。然後我好奇她的情況，希望我們同病相憐，於是我問出最私人的問題：「那妳呢？」

「我有。」她說，這兩個字聽起來既驕傲又悲傷。

「那麼妳幸運多了。」

我看著草地半晌，然後繼續說話，不想在我還沒有戀愛經驗的話題上停留太久，太尷尬了。

「父親母親是以這種方式結婚的，而且他們很快樂。我也希望找到幸福。找到一位受全伊利亞人民愛戴的女人，某個能陪伴我的人，還可以好好款待其他國家元首。一個能夠和我的好友們相處，也能夠成爲我的知己的人。我已經準備好要尋找我的妻子。」

即使我聽得見自己語氣中的不顧一切、希望與渴望，但其中還是有一絲懷疑。如果沒人愛我，那該怎麼辦？

不，我告訴自己，一切會很順利的。

我低頭看著這個女孩，她似乎正以自己的方式表達絕望。「妳眞的覺得這裡是個牢籠嗎？」

「是的，我是這麼覺得，」她吸一口氣，一秒鐘過後又說：「王子殿下。」

我笑了，然後說：「我自己也好幾次有這種感覺。但是妳必須承認，這是個很美麗的籠子。」

「爲你設計的，」她帶著懷疑的語氣回我，「但如果是用其他三十四個男人來裝滿你美麗的籠子，而且他們全都爲了爭奪同樣的目標，你看還會有多美麗。」

「眞的有人因爲我吵架嗎？難道妳們不明白，我才是做決定的人嗎？」不知道應該期待或是擔心，但這問題值得思考，也許如果有人眞的那麼想要我，或許我也會想要她。

她接著補充說：「這樣說不太公平。她們努力的原因有兩種，有些人是因為你，有些人是因爲那頂后冠。但她們都知道該如何表現，也認為你的選擇並不難理解。」

「啊，是啊。人，還是后冠。我很害怕有些人分辨不出兩者的差別。」我搖搖頭，盯著草坪說。

「只能祝你好運。」她幽默地說出這句話。

但這並不值得幽默。這又確定了另一種我最擔心的情況。內心對她的好奇再度淹沒我，雖然我想她應該不會據實以告。

「那妳是爲了什麼而在這裡奮戰？」

「其實，這是一場誤會。」

「誤會？」這怎麼可能？如果她寫上自己的名字，參加抽籤，那不就是自願的嗎……

「嗯，算是吧，說來話長。總之，現在……我在這，而且我沒有想要奮戰，我的計畫是好好享受食物，直到你把我踢出去。」

我忍不住爆笑出聲。這個女孩所表現的一切和我所預期的完全相反。等著被我踢出去？在這裡只是爲了食物？令人驚訝的是，她的一切都讓我樂在其中。也許一切會如同母后所說的，隨著時間過去，我會更認識這些候選者，就像我和黛芬一樣。

「妳是哪裡來的？」我問。這麼期待食物，她肯定是第四階級以下。

「不好意思，你說什麼？」她問，似乎沒聽懂我的意思。

我不想讓她覺得我在侮辱人，於是我從高階級開始問。「第二階級，還是第三階級？」

「第五階級。」

啊，所以她是其中一位第五階級。我知道父王一定不希望我跟她建立友好的關係，但反正是他讓她加入王妃競選的。「啊，是啊，食物將會是讓妳留下來的一大原因。」我又發出咯咯的笑聲，並試著探尋這位有趣的年輕女子的名字。「不好意思，這裡很暗，我看不見妳的名字。」

她輕輕搖搖頭。如果她問我爲什麼還不知道她的名字，怎麼說聽起來比較好，是謊言——我太多工作在身，沒有時間記住她們的名字；或是實話——這一切太令我感到緊張，所以我盡力拖延到最後一刻。

而我也突然發現，現在已經超過最後一刻了。

「我叫作亞美利加。」

「嗯，很好。」我笑著說。單就名字而言，我不敢相信她竟然能加入王妃競選。亞美利加是這片土地上以前的國家的名字，那是一片頑強、充滿缺陷的土地，我們將她重建為更強而有力的國家。話說回來，這或許就是父王讓她參選的原因：顯示他對過去沒有懼怕、擔憂，即使愚蠢的反叛軍如影隨形。

對我而言，這幾個字充滿音樂性。「亞美利加，我親愛的，我真心希望妳能在這個籠子裡找到努力的目標。聽完妳說的這些話，反而讓我好奇，如果妳願意努力嘗試，會有什麼結果。」

我站起來，離開長椅，在她的身旁蹲下來，拉起她的手。她看著我們的手指，並沒有看著我的雙眼，謝天謝地，因為要是她看著我，就會看見我第一次終於真正看清楚她時驚訝得不知所措的表情。這時雲層恰巧移開，月光照亮她的臉龐，彷彿這樣還不夠似的，她也自己站起來，而且很顯然一點也不害怕，她的表現自然，她美得令人震懾。

厚厚的睫毛下是有如冰霜的一雙藍眼睛，那冷冷的色調正好中和了她如火焰般的髮色。她的臉頰平滑，因爲哭過，顯得有點紅。她的雙唇柔軟，呈現粉紅色，看著我們的雙手時，她的嘴唇微啓。

此時，我的胸前出現一陣不規律的跳動，很奇怪的感覺，像是壁爐的火光，或是下午的溫暖，那感覺停留好一會兒，和我的脈搏一起跳動。

我在心裡責罵自己。第一次碰上自己被允許能有特別感覺的女孩，而我著迷的反應也太一般了。這樣太傻，太快，太不眞實，於是我趕走內心這股溫熱的感覺。儘管如此，我並不想讓她離開。或許時間會證明，她是値得留在王妃競選中的。很顯然，我必須說服亞美利加，這可能需要一點時間，但我願從現在開始。

「如果這樣妳會開心點，我會讓衛兵知道妳喜歡花園。那麼晚上妳就可以到這裡來，不會被衛兵強行阻擋。如果可以，我還眞希望妳的房間附近就有座花園。」我不必告訴她我們有多常遭到攻擊，不用讓她擔心這些，只要有衛兵在附近，就不會有事。

「我不……我並不想從你身上得到什麼。」她輕輕地把手抽離，並看著草坪。

「如妳所願。」我有一點失望，我到底做了什麼事，讓她如此拒我於千里之外？也許這個女孩並不享受被追求。「妳很快就會進去了嗎？」

「是的。」她低聲說。

「那我就讓妳一個人獨處思考。外面會有一名警衛等妳進去。」我希望她慢慢來，但我害怕會有突如其來的攻擊行動，傷害她們，即使這女孩似乎非常不喜歡我，我也不想她受傷。

「謝謝你，嗯，王子殿下。」她的聲音中流露出一點脆弱的感覺，也許令她討厭的不是我，也許是發生在她身上的一切，令她崩潰，而我怎麼能因此怪罪她？我決定再次冒著被拒絕的風險。

「親愛的亞美利加，妳可以幫我一個忙嗎？」我再次拉起她的手，她抬起頭看我，滿臉狐疑。那雙看著我的眼神彷彿像在尋找我內心的眞相，而且不計代價地想知道。

「或許吧。」

她的語氣給了我希望，我咧嘴一笑。「別對其他人提起這件事。其實，我要到明天才能與妳們見面。雖然妳對我大聲吼叫，完全稱不上是約會，但我也不想惹誰生氣。好嗎？」我輕哼一聲，但立刻就後悔了。有時候我眞覺得自己的笑聲是全世界最糟糕的笑聲。

終於，亞美利加對我露出輕鬆的笑容。「絕對不會說出去！」她停頓一下，鬆了一口氣說：「我不會說出去。」

「謝謝妳。」她的微笑就足以令我感到快樂，這樣我就能離開了。但我這個人就是這樣——也許是因爲從小到大，父母總是要我勇敢向前、要成功——我總會再往前進一步，我把她的手拉近我的嘴唇，並親吻一下。「晚安。」趁著她還沒責罵我，我也還沒做出其他蠢事之前，我趕緊離開。

我想回頭看她的表情，但如果她做出類似噁心的表情，我可能無法承受。如果現在父王看得出來我心裡的想法，他肯定會不高興。目前爲止，經歷了這麼多事，我不應該那麼軟弱。

走到門邊，我轉向衛兵說：「她需要一點時間。如果半個小時以內她還沒離開，請和善地催促她進去。」我看著他們兩個人的雙眼，確定他們聽懂我的意思。「除此之外，今晚的事情，你們責無旁貸，不許跟任何人提起，懂嗎？」

他們點點頭，然後我朝著主樓梯井走過去。走時聽見一名衛兵低聲說：「什麼是責無旁貸？」

我翻了個白眼，繼續走上樓。走到三樓的時候，我幾乎是用跑的回到房間。我房裡有個大陽台能俯瞰花園，我並不打算走出去，這樣會讓她知道我在看她，我只是走到窗邊，將窗簾微微拉起。

她留在那裡約有十分鐘，一會兒後似乎平靜許多。我看著她擦擦臉龐，拍拍睡袍上的灰塵，然後朝皇宮裡面走。我掙扎著，是不是要趕緊飛奔到二樓走廊，假裝再次來個不期而遇。還是不要好了，她今晚很生氣，也許她平常不是這樣。如果我希望自己有機會，還是等到明天再說好了。

明天……其他三十四名女子會在我面前。喔，我眞是個白痴，竟然等了這麼久。我走到書桌前，挖出那些女孩的一疊資料，看著她們的照片。不知道是誰的主意，竟然把她們的名字寫在背面，這樣根本一點也幫不上忙，我隨手抓了一支筆，把她們的名字寫在正面。漢娜、安娜……我要如何才能立刻記住？珍娜、珍奈兒、卡蜜兒……認眞的嗎？這肯定會是一場災難，我至少得記住幾個人，其他的就先靠名牌，之後再慢慢記住每個人的名字。

因爲我辦得到，我可以做得很好，我得這麼做，必須證明我最終能夠領導衆人、做決策，否則其他人怎麼可能信任我，讓我成爲國王？或者國王自己又如何能信任我？

我專心記住出身比較優秀的候選者。賽勒絲……這個名字我有印象。有位顧問大臣說過她是一位模特兒，還給我看過雜誌上她穿著泳裝的照片，她或許是最性感的候選者，這當然不是缺點。接著萊莎的照片令我印象深刻，但不是好的印象，除非她的個性特別好，否則應該無法久留。也許這樣有點膚淺，但是想要漂亮的女孩有那麼糟嗎？啊，愛禮絲，她的雙眼有一絲異國風情，她就是父王提過的女孩，她有親戚在新亞細亞，這就是她入選的唯一原因。

亞美利加。

我看著她的照片，笑容無庸置疑地耀眼動人。

當時是什麼原因令她笑得如此閃亮？是因爲我的關係嗎？她當時對我的感覺已經消失了嗎？她看起來不是很高興認識我。但是……她最後還是對我露出微笑。

明天我會重新認識她。我不確定自己在尋找什麼，但是那張照片裡似乎有太多訊息在告訴我這是**正確**的。也許是她的意志力或誠實使然，也許是因爲她手背柔軟的肌膚、她的香水……但我很清楚知道，我希望她喜歡我。

到底要怎麼樣才能讓她喜歡我？

6

我舉起藍色領帶，不對。褐色的呢？不對。難道我每天都要煩惱穿什麼嗎？

我希望能讓這些女孩留下好的第一印象——並且給某個人美好的第二印象——顯然，我相信若要達成這個目標，必須挑出一條好的領帶。我嘆一口氣，這些女孩已經讓我變成一個瞎忙的笨蛋。

我試著遵循母后的建議，做我自己，有缺點或怎麼樣都沒關係。於是我決定搭配第一條領帶，著裝完畢，把頭髮往後梳順。

我走出門，發現父王和母后就在樓梯井旁，正小聲聊天。我思索著是否該轉身離開，我不想打擾他們，但是母后向我揮揮手，示意我過去。

接近他們的時候，她拉拉我的袖子，然後走到我背後，替我順順外套。「記得，」她說，「她們現在的心情七上八下，你該做的就是讓她們賓至如歸。」

「要像個王子，」父王敦促我說。「記得你的身分。」

「不需要急著做決定。」母后碰碰我的領帶。「這個還不錯。」

「不喜歡的，就不需要留下來。越快知道誰是適任的候選者越好。」

「要有禮貌。」

「要有自信。」

「只是聊聊天而已。」

父王嘆了聲。「這不是開玩笑，記住這點。」

母后握住我的手臂。「你會有很好的表現。」她拉我向前，給我一個大大的擁抱，然後又退回去，再替我順順全身上下。

「好吧，兒子，去吧。」父王邊說邊指著樓梯的方向。

「我們會在餐廳等你。」

我頭暈目眩。「嗯，好的，謝謝你們。」

我停下動作一分鐘，恢復正常呼吸。我知道他們想幫忙，但我好不容易建立的一丁點平靜，已經讓他們拋得遠遠的。我提醒自己，我只是要去說聲哈囉，這些女孩和我一樣，希望一切能順利進行。

接著，我想到又即將要和亞美利加說話，至少這件事應該會挺有趣。想到這，我便踩著輕鬆的步伐走下階梯，到達一樓，往大廳走去。我深呼吸一口氣，敲敲門，然後拉開門。

衛兵後面，一群女孩子正殷殷等待。照相機的閃光燈此起彼落，捕捉她們和我的畫面。我對著她們滿懷期望的臉微笑。她們看起來很高興能在這裡，所以我也平靜許多。

「王子殿下。」我轉過去，看見詩薇亞行完禮起身。我差點忘記她也在場指導禮儀，就像小時候她也教過我禮儀。

「哈囉，詩薇亞。若妳不介意，我想向這些年輕小姐們做個自我介紹。」

「當然。」她喘著氣說，再次彎下身。她這個人有時候眞的很誇張。

我檢視這些臉龐，尋找如火焰般的頭髮。花了我一些時間，因爲房間裡，幾乎每個人的手腕、耳朵、脖子都閃閃發亮和光線同時折射，令我分心。我總算找到她，她在最後幾排，她看我的表情和其他人都不同。我對她微微一笑，但她並沒有微笑回應，反而露出困惑的神情。

「小姐們，如果妳們不介意的話，」我開口說道，「我想一次請一個人來會面。妳們應該都很想用餐，我也是。所以我不會占用妳們太多時間。如果我記妳們的名字記得比較慢，請多見諒，妳們有好多人呢。」

有些女孩呵呵笑著。我很高興自己認得的人比原本預期的多。我朝站在前面角落的年輕女子走過去，伸出我的手。她熱情地接過我的手，我們走向沙發區，這些沙發就是爲了這件事，特別擺設的。

可惜，萊莎本人並沒有比照片美。不過我還是應該釐清對她的疑點，所以還是以一貫的態度和她說話。

「早安，萊莎。」

「早安，王子殿下。」她笑得很開，看起來感覺會令她疼痛。

「妳覺得皇宮怎麼樣？」

「很美麗。我從未見過如此美麗的地方。這裡很美麗。天哪，我說過這句了，對不對？」

我給她一個微笑。「沒關係的，我很開心妳這麼高興。妳在家裡都做些什麼呢？」

「我是第五階級，我們全家人都專職雕刻，這裡有一些很傑出的作品，眞的非常美。」

我試著表現出感興趣的樣子，但她一點都無法吸引我。只是，如果我這樣是太輕易就淘汰一個人怎麼辦？

「謝謝。嗯，那妳有幾個兄弟姊妹？」

幾分鐘交談中，她說了不下十二次的「美麗」，我知道自己不想再多認識這個女孩了。

我應該繼續前進。明知道不可能，卻把她留在這裡，是件多麼殘忍的事情，所以我決定，從現在就開始刪去不適合的人，這樣對女孩們也比較仁慈，或許父王還會對我另眼相看。畢竟，他說過希望我能爲自己的人生，做出一些眞正的決定。

「萊莎，謝謝妳寶貴的時間。等我和每個人說完話，妳願意留下來，讓我再和妳談談嗎？」

她紅著臉說：「當然沒問題。」

我們站起來。這感覺眞的很糟，因爲我的要求和她心裡所想的狀況截然不同。

「麻煩妳請下一位小姐過來好嗎？」

她點頭行禮，接著走向她身旁的那位女孩，我馬上認出來那是賽勒絲．紐桑，說眞的，除非是瞎了眼的男人，否則應該無法忘記這張臉。

「早安，賽勒絲小姐。」

「早安，王子殿下，」她邊說邊行個禮。她的聲音相當甜美，我立刻知道這裡許多女孩可能都知道我的喜好。也許擔心無法愛上任何人根本不是問題。也許我會愛上所有人，而且難以抉擇。

我示意她坐在我對面。「我知道妳是個模特兒。」

「正是，」她爽朗地回答，似乎很高興我已經知道一些關於她的事情。「主要是服裝的模特兒，大家都說我是天生的衣架子。」

既然她都這麼說了，我也不得不看看這所謂的衣架子身形，毫無疑問，她的身材令人驚豔。

「妳喜歡妳的工作嗎？」

「喔，是啊。攝影師總能捕捉到那瞬間細微的美，很驚人。」

我眼睛一亮。「沒錯。不知道妳有沒有聽說過，其實我本人對攝影非常感興趣。」

「真的嗎？那我們應該偶爾一起拍照的。」

「聽起來很棒。」啊！王妃競選肯定會比我想的還順利，十分鐘之內，我已經刪去一名絕對不可能的對象，並找到一名興趣相投的候選者。

或許我還能再和賽勒絲聊上一個小時，但如果眞想讓大家用餐，我應該加緊腳步。

「親愛的，很抱歉我們得先聊到這裡，今天早上我得和所有人說完話。」我向她道歉。

「當然的，沒關係。」她站起來。「非常期待能再和你聊天，希望很快。」

她看我的樣子……我不知道該用什麼詞彙來描述，總之令我臉紅，我點點頭並微微彎身，以掩飾臉紅。我深呼吸幾口氣，要自己專注在下個女孩身上。

貝瑞兒、艾美加、蒂妮，還有其他幾位都談過了。目前爲止，她們大多數人都討人喜歡且冷靜沉著。但我對她們的期待不只如此。

又經過五位女孩，眞正有趣的事情才發生。當我走上前歡迎那位正走向我的褐髮女子，她便伸出手，然後說：「嗨，我是克莉絲。」

我盯著她攤開的手掌，準備在她收回之前與她握手。

「喔！該死！我應該行禮的！」於是她對我行禮，站起來的時候還邊搖頭。我笑了出來。

「我覺得自己好笨，這是最基本的，但我卻做錯了。」她微笑帶過這件事，其實這樣的她還滿可愛的。

「別擔心，親愛的，」我說，並示意她過來坐下。「我見過更糟糕的。」

「真的嗎？」她低聲說，這個消息令她精神振奮。

「我不會告訴妳細節。但，沒錯，至少妳還試著有禮貌。」

她瞪大雙眼，回頭看著那些女孩，猜想著是誰對我無禮。昨晚某個人說我膚淺，但這是個秘密，我很慶幸自己謹言慎行。

「好吧，克莉絲，請跟我聊聊妳的家人。」我開口說。

她聳聳肩。「我的家庭很一般。我和爸媽住一起，他們都是教授，我想我也會喜歡教書，雖然我正嘗試寫作。我是獨生女，我已經接受這個事實了，我求爸媽給我生個弟妹好多年了，但他們從不如我所願。」

我微微一笑。一個人是件很辛苦的事。

「我相信他們是想把所有的愛都給妳。」

她呵呵笑著。「你父母親是這樣告訴你的？」

我愣了一下，目前還沒有人問我問題。

「嗯，不算是，但我明白妳的感覺。」我含糊地回答。本來我打算繼續問些預先想好的問題，但是她持續追問。

「你今天覺得怎麼樣？」

「還好。有點招架不住。」我脫口而出，有點太誠實了。

「至少你不用穿禮服。」她說出結論。

「但妳想想，如果我要穿，那會多好笑啊。」

她突然大笑出來，我也跟著她一起笑。我想像克莉絲和賽勒絲站在一起，她們截然不同。她給人一種生氣蓬勃的感覺。雖然我和她聊過天，但是對她卻沒有完整的印象，因為她不停回問我問題。但我知道她很好，她的好，是「好」這個字最完美的狀態。

大概又過了一個小時才輪到亞美利加，從第一個女孩到她，我已經見到三名絕對稱得上出色的候選者，包括賽勒絲和克莉絲，我知道人民一定會最喜歡克莉絲。然而，在亞美利加之前的女孩艾許莉非常沉悶，很不適合我，我對她完全沒有任何想法。當亞美利加站起來，走向我，我腦中便完全只有她一人。

不管她是否刻意，但她的眼神就是流露出一種淘氣的感覺。想起她昨晚的行爲，我才明白，她是以一個反抗者的姿態走向我。

「亞美利加，是嗎？」她接近我時，我打趣地說。

「是的。久仰久仰，請問您的大名是？」

我笑出聲，並邀她入座。我靠近她，低聲說。

「我的親愛的，妳睡得好嗎？」

她的眼神告訴我，我這是在引火自焚，但她還是微微笑著。「我還不是你的親愛的。是的，一旦我平靜下來，我就會睡得非常好。我的侍女還得把我拖下床，我睡得很舒服。」她坦白地說，最後一句話有點像秘密。

「我很高興妳睡得很舒服，我的……」啊，對她，我得改變一下習慣。「亞美利加。」

我看得出來她很感謝我的努力。「謝謝你。」她臉上的微笑消失，陷入沉思，心不在焉地咬著嘴唇，彷彿正在腦中演練某些話。

「我非常抱歉，昨天對你很過分。」她終於開口，似乎沒看到我的眼神。「後來我躺在床上時才明白，雖然還無法說服自己進入狀況，但我沒有理由責怪你，你不是讓我蹚這渾水的人，而且王妃競選活動根本不是你的想法。」很高興有人注意到了。「而且，當我自憐自艾時，你對我相當體貼，而我卻糟透了。」

她爲自己的行爲搖頭嘆息，我發現自己的心跳有點過快。

「你大可昨天晚上就把我趕出去，但你沒有，」她做出結論。「謝謝你。」

她的感激之情令我感動，因爲我已經知道，她不是那種矯揉造作的人。這讓我想起一個我們必須討論的話題（假如我們的關係要更進一步的話）。我傾身向前，手肘放在膝蓋上，相較於對其他女孩，我現在的樣子更輕鬆，態度也更積極。

「亞美利加，目前爲止，妳對我的態度都非常直接。我很喜愛這樣的特質，我現在要請妳幫忙，回答我一個問題。」

她猶豫地點點頭。

「妳說妳是因爲誤會才參加選妃，所以我猜妳不想留在這裡。妳覺得，妳是不是有可能對我……產生任何愛意？」

我等待著她的回答，她把玩禮服的皺褶，像是玩了好幾個小時，我坐在位置上，說服自己，她會這樣是因爲不想看起來太急切。

「王子殿下，你非常好。」太好了！「有魅力，」沒錯！「而且相當體貼。」就是這樣！

我露出笑容，我很確定這模樣一定很傻。我很高興昨天晚上之後，她總算看見我身上的優點。

她繼續壓低聲音說：「但是因為一些非常確定的因素，我想我可能辦不到。」

這是我第一次，由衷感謝父王訓練我隱藏情緒、不動聲色。我用聽起來理智的語氣問她：「可以請妳說明一下嗎？」

她再度猶豫。「因為……我的心已經在其他地方了。」

她的眼淚就要奪眶而出。

「喔，請妳別哭！」我小聲求她，「每次只要女孩一哭，我就不知道該怎麼辦！」

聽見我的弱點，她瞬間笑出來，並擦擦眼角。我很高興看見這樣的她，放鬆心情且真誠不造作。當然，肯定有某個人在等待她，如此真實的女孩，一定很快就被某個聰明的年輕男子追走了。我無法想像她為何會參加王妃競選，但那並不是我要擔心的問題。

我只知道，即使她不屬於我，最後我也想給她一個微笑。

「妳希望我讓妳今天回家，回到摯愛的身邊嗎？」我提議說。

她對我微微一笑，這個笑容更接近苦笑。「其實……我並不想回家。」

「眞的嗎？」我往後躺，手指梳過頭髮，她看到我這樣，又笑出來。

如果她不想要我，不想要他，那她究竟想要什麼？

「我可以對你說實話嗎？」

無論實話爲何，我點頭示意。

「我必須在這裡。我的家人需要我在這裡，哪怕是多待一個星期，這對他們來說都是恩惠了。」

所以她不是爲了爭奪那頂后冠，但我仍有她想要的東西。「妳是說，妳需要錢？」

「是的。」她爲此感到羞愧，還算有良心。「因爲……家鄉有些人，」她面露意味深長的表情說。「我現在不想見。」

隔了一秒鐘我才明白是什麼狀況。他們已經分手了。她還在乎他，但已經不屬於他。我點點頭，看清了這個情況。假如我能暫時遠離我的世界帶給我的壓力，就算只有一個星期，我也會欣然接受。

「如果你願意讓我留下，就算很短暫，我願意和你交換條件。」

喔，這可有趣了。「交換條件？」她有什麼能交換的？

她緊咬著嘴唇。「如果你讓我留下來……」她嘆著氣說，「好吧，嗯，看看你自己，身爲王子，每天忙於公務，治理整個國家，還要擠出時間來剔除三十五名女孩，呃，應該說是三十四位，因爲有一位要當王妃。總之，這工作量眞的很大，你不覺得嗎？」

雖然聽起來像個笑話，但其實她一語說中最令我擔憂的事情，完全沒錯。我點點頭，同意她的話。

「如果你有個眼線混在這群女孩子裡，是不是簡單多了呢？假設有人幫忙呢？就像……像朋友那樣。」

「像朋友？」

「是的。讓我留下來，我會幫你。當你的朋友。你不必擔心是否需要追求我，因爲你已經知道我對你沒有感覺。但是只要你需要我，隨時都可以找我，我一定幫你。昨天晚上你說，你想找一個知己，在你找到永遠的知己之前，我可以當那個人。如果你願意。」

*如果我願意……*這似乎不算一個選擇，但至少我能幫助這女孩，或許也能再

享受一下她的陪伴。想當然耳，若父王知道我讓某個女孩做這些事，他肯定會大發雷霆……想到這點，令我更喜歡她這個點子，非常喜歡。

「我幾乎已經見過所有的女孩，我想不出有誰能成爲比妳更好的朋友。我很高興妳留在這裡。」

我看著她整個人放鬆下來。即使知道無法獲得她的感情，我還是忍不住想努力嘗試看看。

「妳覺得，我還可以叫妳『我的親愛的』嗎？」

她低聲回我：「想都別想！」無論她是認眞或是開玩笑的，聽起來都充滿了挑戰。

「我會繼續努力，我的字典裡沒有『放棄』這兩個字。」

她使了個臉色，好像很困擾，但又不完全是那樣。「所以全部人都被你稱呼爲親愛的？」她問，並朝著其他女孩的方向點點頭。

「是啊，而且她們看起來很喜歡。」我回答，假裝得意的樣子。

她說話的時候，即使微笑，仍然帶著挑戰的意味。「這就是爲什麼我不喜歡。」

她站起來，結束我們的談話。我忍不住再次覺得她眞的很有趣。沒有人像她一樣主動縮短跟我談話的時間。我對著她微微彎下身，她很粗略地對我行了個禮，然後便離開。

想到亞美利加，我不自覺微笑，並把她和其他的女孩相比。她很美，有點不加修飾，不是很典型的那種美，我想她自己並沒有發現這點。雖然她並不具有那種……皇室的氣質，但她的驕傲中帶著一點高貴的感覺。而且她對我沒有其他的感覺，但我還是忍不住想追求她。

這是我第一次以自己的喜好，主動做出競選相關的決定：把她留下來，至少我還有機會嘗試看看。

7

「如果我要求妳們留下，請留在妳們的座位上。如果沒有，請繼續跟著詩薇亞到餐廳。我很快就會過去。」

女孩們面面相覷，有些人困惑，有些人沾沾自喜。我很確信自己做出了正確的決定，現在的任務是要請她們離開。這應該是個簡單的任務，畢竟我們幾乎沒什麼接觸，她們應該不會太留戀。

接著，室內只剩下八位小姐，她們站在我面前，每個人都面帶笑容。我也看著她們，突然很希望在讓她們排成一列之前，我就想好要跟她們說什麼。

「謝謝妳們留下來，」我說，此時我感覺動彈不得。「嗯，我想謝謝妳們，因爲……因爲……妳們來到皇宮，讓我有機會認識妳們。」

大部分人咯咯笑或是垂下雙眼。克萊麗莎撥撥頭髮。

「但很抱歉，我得告訴妳們，妳們可能不適合這裡，嗯，所以妳們現在可以離開了？」我的話結束得像個問句，而不是個肯定句，我很慶幸父親不在現場目睹這一切。

其中一名女孩，我想她叫艾許莉吧，馬上開始哭泣，我很緊張。

「是因爲我染髮嗎？」她身旁的女孩問。

「什麼？」

「因爲我是第五階級，對不對？」漢娜問。

「妳是嗎？」

克萊麗莎跑向我，抓著我的手。「我會改進的，我發誓！」

「什麼？」

幸好一名衛兵將她從我身上拉開，護送她出去，我站在原地，看著她離開，她們突然情緒失控，令我相當震驚，她們應該要舉止優雅的，到底發生什麼事了？

「爲什麼？」其中一個女孩問，她的聲音好溫柔，著實令我感到痛苦，好像黛芬的事情又重演一樣。

我沒聽見是誰說的，但我轉過頭，看見知道被淘汰後，她們臉上的表情都非常相似，彷彿希望破滅了。我們二十分鐘前才剛認識，怎麼可能會這樣？

「我很抱歉，」我說，眞的覺得很糟糕。「但我眞的覺得沒那麼嚴重。」

米亞走上前，她的表情幾乎看不出她快哭了，對於她的克制力，我深深敬佩。

「那我們的感覺呢？難道不重要嗎？」

她傾著頭，深棕雙眼看著我，想得到答案。

「當然重要……」**也許我應該屈服**。我不需要在第一天就剔除任何人。但是如果我做下決定，她們說我太衝動，我就放棄，這樣會造成什麼後果呢？

不能，做決定的人是我，我必須貫徹始終。

「很抱歉造成妳們的苦惱，但是要刪減三十五位才華洋溢、迷人美麗的女子，選出一名未來的妻子，眞的不容易。」我誠實而謙虛地說。「我必須果斷，這是爲了我的幸福，也爲妳們著想，希望在這短暫的相會之後，我們仍然能是朋友。」

米亞對我這番話完全不意外，她冷冷地看我一眼，越過我，走出門。幾乎所有的女孩都跟在她身後，這看起來不太像好聚好散。

看起來最難過的艾許莉走上前來，輕輕地擁抱我，我尷尬地以手環抱著她，她好像把我的手臂往下拉。

「眞不敢相信這麼快就結束，我原本以爲自己有機會的。」她的語氣平淡中帶著震驚，像是在對自己說。

「我很抱歉。」我重複地說。

她往後退，擦擦雙眼，她冷靜下來之後，對我行了個優雅的禮。「王子殿下，祝你好運。」

說完她便抬起頭離開。

「艾許莉。」她走到門口時，我叫住她。

她停下，又燃起希望的樣子。

不，不行，我必須堅定不移。

「也祝妳好運。」

她對我露出微笑，然後離開。

沉靜片刻之後，我看著房內的衛兵。「你們可以下去了。」我命令說，內心渴望獨處一下。我走到和女孩們談話的那張沙發上，頭埋進手裡。

反正你終究只能娶一個人。早晚你都會這麼做。也許看起來太匆忙，其實不然。這是謹慎思考的結果。你必須謹慎思考。

我不禁懷疑自己。艾許莉到最後都很貼心，難道我做錯決定了嗎？但她坐在我面前時，我對她一點感覺也沒有，甚至一絲絲連結都找不到。

我吸一口氣，站起身。結束了，該繼續其他的事。現在我必須專注在其他二十七名女孩身上。

微笑掛上臉龐，我走過寬敞的走廊，進入餐廳，大家都已經開始用餐，我注意到幾張椅子往後退的聲音。

「請不用站起來，小姐們，請好好享受早餐。」一切正常，一切都完美。

我在母后的臉頰上落下一吻，輕拍父王，然後坐下來，希望能讓大家看見預期中完美家庭的畫面。

「王子殿下，已經有幾位小姐離開了嗎？」賈斯汀邊問邊替我倒咖啡。

「你知道嗎，我曾經讀過一本有關一夫多妻制的書。也就是說，一個男人可以有許多妻子。真是瘋狂。剛才，我和八名非常不快樂的女孩共處一室，我完全不曉得爲什麼會有人選擇一夫多妻制。」我的語氣輕鬆，但那股感傷卻是眞實的。

賈斯汀笑了笑。「殿下，幸好您只需要一位王妃。」

「是啊。」我喝下一口咖啡，沒有加牛奶和糖，想著賈斯汀說的話。

我只需要一位王妃。現在，我該如何找出她？

「有幾個人離開了？」父王邊切著食物邊問。

「八個人。」

他點點頭，並說：「好的開始。」

即使心中充滿疑問，但至少他的回應是肯定的。

我呼一口氣，試著想出一個計畫，我得個別認識這些女孩。環顧整個室內，我嚥了一下，想著若要更深入認識這二十七名女孩，得花多少時間和精力啊。

我的視線四處飄移，被幾位候選者發現，我看過她們時，她們也微笑回應。這裡有好多美麗女孩，我感覺有些女孩以前也曾經和別人交往過，也許這樣想很傻，但我眞的有點害怕。

然後我看到亞美利加，她滿嘴草莓塔，轉著雙眼，彷彿置身天堂。我忍住笑意，忽然想到一個計畫。

「亞美利加小姐。」我禮貌地叫她。她停止咀嚼，睜大雙眼，轉過臉來看我，這時我又差點爆笑出聲。

她雙手遮住嘴巴，趕緊把東西吃完。「是的，王子殿下？」

「妳覺得這些食物如何？」不知她是否想起，昨晚她向我坦承留在這裡是爲了食物的事。不知爲何，在所有人面前講著只有對方聽得懂的玩笑話，令人有一種釋放的感覺。

也許是我的想像，但我覺得她的雙眼似乎閃爍著淘氣的眼神。

「王子殿下，美味極了。這個草莓塔……嗯，我有個比我還喜愛甜點的妹妹，她如果吃到這個，肯定開心得哭出來。這太完美了。」

我咬一口食物，得好好想想怎麼安排這件事。「妳眞的認爲她會哭嗎？」我問。

亞美利加瞇著眼睛想了一會。「是的，我是這麼認爲。她還沒有什麼控制情緒的能力。」

「那妳願意打賭嗎？」我很快回她。

「如果我有錢可以打賭，當然願意。」她微笑回我。

完美。「那麼妳願意拿什麼來替代賭金呢？妳看起來挺擅長談判的。」

父王看著我，這個玩笑話有點露餡了。

「嗯，看你想要什麼？」她問道。

一個我能掌控的第一次約會；和某個不需刻意討好的人共度一晚，畢竟她都說我們不可能了；能讓我們再次獨處，但又不會讓其他女孩討厭我。

我微笑說。「那妳想要什麼？」

她思考著。其實她可以要求任何事，如果必要，我已準備好要賄賂她。

「如果她哭了，我希望整個星期可以穿褲子。」她猶豫地說。

我緊閉嘴唇，其他人則哄堂大笑，就連父王也覺得有趣（或至少假裝覺得有趣）。但我最喜歡的一點是，即使聽見她的要求後，全部的人都笑了，她還是抬著頭，落落大方，也不想改變要求。她想要的就是她想要的。

這點很迷人。

「一言爲定。那如果她沒哭，明天下午，妳就必須陪我在廣場上散步。」

室內議論紛紛，連父王對我的選擇也嘆一口氣。可能他比我了解這些候選者吧，她不會在他的喜愛清單裡，該死的，她絕對不會在那名單上。

亞美利加想了幾秒鐘，然後點點頭。「王子殿下，那我就勉爲其難地接受了。」

「賈斯汀？準備一個草莓塔包裹，送到這位小姐家，並派人在現場等她妹妹享用完，然後再告訴我們她是不是眞的哭了。我眞的很好奇。」賈斯汀很快對我點點頭，並露齒一笑，然後便離開。「妳應該寫封信一起送去，告訴妳的家人妳很平安。事實上，妳們都應該這麼做。早餐過後，寫封信給妳們家人吧，我們會確保他們今天收到。」

這些女孩們——我的女孩們——露出欣喜的笑容。今天整個早上，我見過所有的女孩，記住大多數人的名字，還送了幾位回家，也安排好自己的第一次約會。雖然有點手忙腳亂，但我會說這一切還算成功。

「王子殿下，抱歉，我們耽擱了。我們得去鎮上的精品店。」賽默說，並從身後拉出一整桿的褲子。

「沒問題的，」我回答說，並把文件收到桌子另一邊，我今天決定在房間裡工作。「你們找到什麼？」

「我們找了幾件讓您選，相信您會找到適合小姐的褲子。」

我盯著那些衣服看，滿心疑惑。「所以女孩子適合什麼樣的褲子？」

賽默搖搖頭，並且微笑著說：「別擔心，王子殿下，我都辦好了。您看，這幾件白色的是比較柔美的感覺，而且無論她的侍女準備什麼樣的上衣都能搭配。另外這條也一樣。」

他又拿出幾條褲子，我試著分辨、比較好壞，並猜想她會喜歡哪些。

「賽默，也許那都不是重點，畢竟她是第五階級，你認爲她穿這些會覺得自在嗎？」

他看著那一整桿褲子。「如果她人已經在這，應該會想要一些奢華的東西。」

「但如果她想要奢華的款式，那一開始還會要求穿褲子嗎？」我反問他。

他點點頭。「牛仔褲，」他伸手到桿子最後的部分，拿出一條丹寧褲。我以前從來沒穿過牛仔褲，這看起來並不特別吸引人。「我有預感這條會不錯。」

我又看了一眼自己選的褲子。「沒錯，就選這條，但把你挑的第一條也留下來，也許多選一條比較保險。這些是她的尺寸嗎？」

賽默微笑著。「今天傍晚我們會修改並準備好。那位年輕小姐贏了嗎？」

我聳聳肩。「還沒，但我希望如果她贏了，我給她的比她預期更多，她也會和我去約會。」

「您肯定眞的很喜歡她。」賽默說，並將那桿衣服推到走廊上。

我沒有回答，但是我關上門時一邊想著這句話。她確實與衆不同，就連她不喜歡我的方式都深深吸引我，我忍不住露出微笑。

8

「你確定嗎？」我問。

「當然。」信差說。

「一滴眼淚都沒掉？」

他露齒一笑。「完全沒有。」

我在亞美利加的房門外停下腳步，不知怎地，心跳好快。她對我沒有感覺，這點她已經說得很清楚了，這也是我選擇她當第一次約會對象的主因，這應該是個輕鬆的約會。

我以為應門的會是侍女，但是當門倏地打開時，站在門前的卻是亞美利加，她忍著不露出嘲諷的笑容。

「基於外在觀感的理由，可以請妳挽著我的手臂嗎？」我問，並朝她伸出手臂，她嘆了一口氣，挽起我的手臂，跟著我到走廊上。

我原本預期她會抱怨，說她應該要贏的，但她靜默不語。她很生氣嗎？她真的不想跟我出來嗎？

「很抱歉她沒有哭。」我說。

「你一點都不覺得抱歉吧。」她開玩笑說。看她這樣，我確定她應該還好。她不知為何有點分心，但是玩笑話似乎是我們共同的語言。只要我們找到對的相處方式，就沒事了。

「我以前從來沒賭過。贏的感覺很好。」

「初學者運氣比較好。」她回道。

「也許吧。」我同意她的看法。「下次我們可以試試看讓她笑。」

她若有所思地盯著天花板，我能想像她內心正想到什麼。「妳的家人是怎麼樣的人？」

她使了個臉色，然後說：「什麼意思？」

「就是這個意思。妳的家人肯定和我的家人很不同吧？」她有兄弟姊妹，她家很小……大家會因為吃到甜點而哭泣。我忍不住開始想像她家人的生活。

「是啊。首先，沒人會在早餐時戴著王冠。」她笑著說，聲如樂音，非常符合第五階級的出身。

「難道辛格家是在晚餐才戴皇冠？」

「當然。」

我忍不住發出咯咯的笑聲，我喜歡她的機智幽默。當她展現這一面時，我覺得她的幽默和我的很像。令我好奇，兩個在不同世界長大的人，會不會出乎意料地相似？

「嗯，我家有五個小孩，我排行中間。」

「五個！」天哪，一定很吵。

「是的，五個。外面大多數的家庭都有很多小孩。如果我可以，也會想要生很多。」她說，不相信我竟因此感到驚訝。

「喔，真的嗎？」又一個共通點，且是很私人的。

她害羞地說「是」的模樣，讓我覺得這對她來說也是非常私密的事。也許這個話題再自然不過，但對我們來說就是尷尬。畢竟我正在和一個應該有機會發展、實際上卻不然的對象，討論有關未來家庭的話題。

她繼續說：「總之，我的姊姊肯娜嫁給一位第四階級。她在工廠工作。我媽媽希望我至少能嫁給第四階級以上的人，」那第一階級有什麼不好嗎？「但我不想停止唱歌的工作，我太愛唱歌了。」喔，我懂了，她家鄉的男友肯定是位傑出的第五階級。

「不過我現在是第三階級了，」她接著說，聽起來有點哀傷。「眞是奇特的際遇。如果可以，我希望留在音樂圈。接著是哥哥柯塔，他是位藝術家，這些日子以來我們並不常看到他，出發那天他有來送我，但就那樣。」她的語氣有一絲微微痛苦或後悔的感覺，但是她很快又接著說話，我來不及追問。

「接著就是我。」我們靠近階梯時她這麼說。

我輕鬆微笑著。「亞美利加．辛格，我最好的朋友。」

她開玩笑地翻了個白眼，那雙藍眼輝映著光線，她說：「是啊。」

這兩個字令人感到慰藉，眞是奇怪。

「在我之後是玫兒，就是那個沒有哭、背叛我的傢伙。眞的，我被她騙了。我不敢相信她竟然沒落淚！不過啊，她是個很棒的藝術家……我好愛她。」

「接著是傑拉德，這孩子才七歲，他還搞不清楚自己喜歡音樂還是畫畫。大部分的時候，他喜歡玩球還有研究昆蟲，這些都還好，只是他不能以此為生，我們試著讓他多嘗試看看。總之，這就是所有人了。」

「那妳的父母親呢？」我問，依然試著想像有關她的一切。

「那你的父母親呢？」她反問。

「妳知道我的父母親。」

「不，我不知道，我只知道他們的公眾形象。他們實際上是什麼樣的人？」她懇求地問，並拉著我的手臂，雖然很孩子氣，卻讓我笑了。

但我很困擾，我怎麼可能告訴她有關父王和母后的事？

我很擔心母后可能生病了，她常常頭痛，而且看起來總是很累。我不知道是她天生就體弱多病，還是後來才這樣。我本來應該不是獨生子，不知道會這樣跟她的身體有沒有關係。至於我父王……有時像父親，但……

我們走進花園，照相機已在那裡等候。我整個人立刻提高警覺，我並不想他們在這裡拍我們約會。我不知道我們能深入了解彼此到什麼程度，但只要有外人在場就絕對不可能。於是我把攝影小組趕走。我看著亞美利加，現在的她又顯得有些疏遠了。

「妳還好嗎？妳看起來很緊張。」

她聳聳肩。「你看到女人哭就不知道該怎麼辦，就像我和王子走在一起也不知道該怎麼辦。」

我嘻嘻笑著。「為什麼我讓妳不知道該怎麼辦？」

「你的個性，你的意圖。我不知道自己該如何看待這個小小的散步約會。」

我有這麼神秘嗎？也許吧，我很擅長掛上微笑，而且不會完全說實話，但我當然不想給人那種感覺。

我停下來並轉向她。「嗯。我想妳現在應該看得出來，我不是那種拐彎抹角的男人，我會告訴妳我的期望。」我想認識某人，確實地了解，而我希望那個人就是妳，即使妳最後離開。

我走向她，但突然的劇烈疼痛令我停下腳步，我大叫一聲，彎著腰往後退，那幾步路也幾乎讓人受不了，但我總不能躺在地上打滾吧，雖然我本能地很想這樣做。我感覺要吐了，我也努力克制。身為王子，我怎麼能在草地上打滾還嘔吐？

「為什麼要這樣對我？」這真的是我的聲音嗎？真的嗎？我聽起來就像個有

抽菸困擾的五歲小女孩。

「如果你敢碰我，我會更大力反擊！」

「什麼？」

「我說，如果你——」

「不、不，妳瘋了，我聽得很清楚了。但妳這麼做究竟是什麼意思？」

她站在原地，再次睜大雙眼，手摀著嘴巴，彷彿自己犯了個可怕的錯誤，我朝著衛兵的腳步聲轉過去，舉起一隻手臂，同時絕望地用另一隻手撐住自己，並要他們離開。

我做了什麼事？她以爲我是什麼樣的人……

我逼自己振作起來，因爲我眞的想知道原因。

「妳以爲我想要做什麼？」我問。

她垂下雙眼。

「亞美利加，妳以爲我想做什麼？」我問她。

她的行爲舉止說明一切，我從來沒有覺得那麼受辱過。「在公共場所嗎？妳以爲……天啊，我是個紳士！」

雖然頭暈目眩而且很痛苦，但我還是站起身來，離開這裡。然後我突然想起一件事情。

「如果妳覺得我是這麼糟的人，爲何當初又說願意幫忙？」

她不發一語。

「妳今晚在自己的房間裡用餐。我明天早上再來處理這件事。」

我盡可能快步地走，只想趕快離開她。希望我能趕緊忘記這憤怒和羞辱。我用力甩上房間的門，怒火無法平息。

一秒鐘之後，我的男侍敲著門。「王子殿下，我聽見你進來的聲音，你睡覺之前還需要我拿些什麼過來嗎？」

「冰塊。」我嗚咽地說。

他匆匆忙忙離開，我倒在床上，覺得筋疲力盡而且憤怒。我摀著眼睛，試著理解這一切。眞不敢相信，幾分鐘之前，我差點就想對她坦誠說出一切，眞正與她分享。

還眞是輕鬆的第一次約會！

我還是很氣憤。我聽見男侍把拖盤放在邊桌上，然後快速離開。

她以爲她是誰？一個第五階級竟然敢攻擊未來的國王？只要我一聲令下，她就會遭到嚴重處罰。

肯定要送她回家了。經過這件事情之後，我沒辦法再留她了。

這個情況令我不安了好幾個小時，想著自己當時究竟說了什麼或做了什麼？每次回想起來還是覺得生氣。什麼樣的女孩會做這種事？她爲什麼會覺得自己能攻擊她的王子？

我想了好幾百次，最後總算想通，我不再憤怒，反而有點敬畏。

難道亞美利加什麼都不怕嗎？

我並不是想驗證什麼，但我很好奇，若碰到這種認爲我會占她們便宜的狀況，有多少人會讓我這麼做？只因爲我擁有權力，或因爲她們害怕不順從的話，我會對她們怎樣。

但是她在那種情況還沒發生前就先阻止了，完全不擔心我可能會說什麼。雖然她完全搞錯重點，但她努力保護自己，這點值得尊敬，我希望自己也能有這樣的特質。也許常常跟她相處，我也能學得一些。

該死的。我得讓她留下來。

侍衛

1

「醒醒，萊傑。」

「今天不用工作。」我喃喃自語，拉著被單蓋過頭。

「今天沒人能休息，起床，我等一下會解釋。」

我嘆著氣。一般來說，我總是很期待工作，回到常軌、紀律、在一天結束時獲得成就感，我喜愛這一切。但今天狀況不同。

昨晚的萬聖節派對是我最後的機會。亞美利加和我跳了一支舞，她向我解釋她和麥克森的不順，讓我有時間提醒她過去的回憶……我確實覺得那條繫著我們的線還在，也許是王妃競選的壓力磨損了那條線，但它確實還在。

「告訴我妳會等我。」我請求她。

她默不作聲，但我依然懷抱著希望。

直到他出現，朝著她走去，迷人且擁有財富與權勢，這就是事實，我會輸。

儘管不知道舞池中麥克森在她耳邊低聲說些什麼，但她心中的擔憂似乎一掃而空。她依偎著他，一首接著一首跳著，她看著他的眼神，就像她以前看我那樣。

看著這些事情在我眼前發生，我當時肯定喝了不少酒。搞不好門廳的花瓶就是被我砸破的，也許因爲我咬著枕頭，艾佛瑞才沒有聽見我在哭。

艾佛瑞剛才說的那些話，可能就是因爲麥克森在昨晚求婚了，今天要正式宣布，因此所有人都得待命。

我該如何面對此時此刻？我該如何站在那裡，保護這一切？他會給她一枚我永遠給不起的戒指、我永遠負擔不起的生活……而我到死都會恨他。

我坐起來，雙眼仍看著下方。「發生什麼事了？」我問，每說出一個字，我的頭就痛一下。「情況很糟，眞的很糟。」

我額頭一皺，抬頭一看。艾佛瑞坐在他的床上，把襯衫鈕子扣上。我們的視線交會，我看得出來他眼裡的擔憂。

「這話什麼意思？什麼很糟糕？」如果是像找不到顏色相襯的桌巾之類的蠢事，那我可要回床上睡覺了。

艾佛瑞呼一口氣。「你認識伍德沃克嗎？那個臉上總是微笑、很友善的傢伙?」

「認識啊,我們常一起值班,他人很好。」伍德沃克原本是第七階級,因爲都是來自人丁衆多、父親早逝的家庭,所以我們很快就變熟了。他以前就相當認眞工作,毫無疑問,這個新階級是他應得的。「問這做什麼?發生什麼事了?」

艾佛瑞看起來非常震驚。「昨晚他被逮到和一名精英候選者在一起。」

我整個人愣住。「什麼?怎麼會這樣?」

「他們被拍到。當時記者們在偷拍留連在皇宮周圍的人,其中一名記者聽見一間小房間內傳出聲音,打開房門後,發現伍德沃克和瑪琳小姐在裡面。」

「但她」——我差點要說她是亞美利加最好的朋友,還好我及時住口——「眞是瘋了!」我把話說完。

「就是說嘛。」艾佛瑞拿起襪子,繼續著裝。「他看起來那麼聰明,肯定是酒喝多了。」

可能吧,但我想原因不僅如此。伍德沃克是個聰明人,他和我一樣,都想照顧家人。他甘願冒這麼大的險,就像我也曾經冒過這種險,理由無他:他肯定深深愛著瑪琳。

我按按額頭，用意志力讓頭痛消散。不能，我不能頭痛，現在可是重要時刻。我的雙眼倏地睜開，突然明白接下來可能發生的事。

「他們……他們會被處死刑嗎？」我輕聲問道，彷彿害怕自己說太大聲，大家會想起皇宮是如何對待背叛者的。

艾佛瑞搖搖頭，我的心又開始跳動著。「他們會被處以鞭刑。其他精英候選者和她們的家人會被安排在正前方觀看這一切。處刑臺已經架在皇宮圍牆外，所以我們都必須待命。快換上制服吧。」

他站起來並走向門口。「進來報告之前，先喝點咖啡吧，」他回過頭說。「你看起來好像被鞭刑的人是你。」

第三、第四層樓夠高，從那裡能看見那道隔絕保護皇宮與外面世界的厚牆。我趕緊走到四樓的大窗戶前，低頭看著皇室成員和精英候選者的座位，並看著爲瑪琳和伍德沃克架起的高臺。大多數衛兵和工作人員似乎都和我有相同想法，我朝著另外兩名站在窗戶前的衛兵點點頭，還有一名男侍，他的制服才剛剛熨好，但他的臉卻因爲擔憂而皺成一團。這時皇宮大門打開，女孩和她們的家人們走出去，迎面的是歡呼的群衆，兩名侍女快步跑到我們身後。我認出是露西和瑪莉，於是騰出一些空間給她們。

「安有來嗎？」我問。

「沒有，」瑪莉說。「她覺得我們還有很多工作，不應該這樣。」

我點點頭，這聽起來很像她會說的話。

自從我晚上在亞美利加的房門外站崗起，就時常碰見她的侍女。在宮中，我盡量表現出專業的一面，但面對她們，我會輕鬆一些。我想認識這些照顧我的女孩的人，我認爲，因爲她們爲亞美利加的付出，我對她們也有某種程度的責任。

我低頭看著露西，發現她扭絞著雙手。雖然我在宮中的時間不長，但我知道當她壓力很大時，她的焦慮感會具體顯現在許多的肢體動作上。加入訓練營時，我學過如何辨識人們進宮時，是否出現緊張的動作，若有，就要特別看管。我知道露西不會造成威脅，而且當我看見她壓力如此大，便覺得自己必須保護她。

「妳確定妳想看這個嗎？」我對她低聲說，「這不是什麼好看的場面。」

「我知道。但我眞的很喜歡瑪琳小姐，」她輕輕回答，「我覺得自己必須在場。」

「她已經不再是小姐了。」我不帶任何情緒地說。我想她應該會受盡折磨，被貶至最低的階層吧。

露西思忖一會兒。「任何願意為自己心愛的人冒生命危險的女孩，永遠都值得被稱作小姐。」

我露出笑容說：「說得好。」我看著她的手平穩下來，那一秒鐘，她臉上露出淺淺的笑。

瑪琳和伍德沃克步履蹣跚地走過鋪石路，進入皇宮大門前被清出的區域，這時群眾的歡呼聲轉為輕蔑、不屑的咆哮。衛兵拉著他們，看得出來力道不小，從他走路的樣子看來，我猜伍德沃克已經被打過。

我們驚訝得說不出話，看著他們犯的錯被昭告天下。我專注看著亞美利加和她的家人，玫兒看起來很努力在維持鎮靜，她的手臂抱著腰，像在保護自己的樣子，辛格先生的表情似乎不大舒服，但還算鎮定，亞美看起來則是滿臉疑惑，我眞希望自己有辦法在不會惹禍上身的情況下抱抱她，告訴她一切都會沒事的。

我記得看著傑米因為偷東西遭鞭打的那次。如果我能替他受苦，我一定會毫不猶豫地代替他。同時我想起有好幾次自己偷東西，卻沒有被抓到，那種徹底鬆一口氣的感覺，我想亞美利加現在肯定能感同身受，她希望瑪琳不要遭到那些對待，但又慶幸我們沒有被抓到。

鞭子揮下來的時候，瑪莉和露西同時跳了一下，即使除了群眾的聲音之外，我們根本聽不見其他聲音。每一下的間隔都夠久，好讓伍德沃克和瑪麗能感覺到疼痛，又不至於習慣疼痛，然後接著又揮下一鞭，那燒灼的感覺會更深刻。讓人痛苦是一門藝術，皇宮似乎很擅長這種藝術。

露西雙手遮住臉，輕輕啜泣。瑪莉一隻手臂環抱著她，安慰她。

我本來想過去安撫她，但這時我的眼角瞥見紅色髮絲閃過。

她在做什麼？她想打衛兵嗎？

我身體的每一吋都在掙扎。我想跑過去，把她推回座位上，但同時，我也好想抓起她的手，把她帶走。我想鼓舞她，同時也想求她停止，她不該讓自己在這時候成爲焦點。

我看著亞美利加跳過欄杆，她跳下時，洋裝的邊緣飛起，然後她跌倒在地，又重新站起來。我看著她不逃避眼前的惡夢，反而是專注在自己的步伐上，一步步接近瑪琳。

我心中同時充滿了驕傲與恐懼。

「哦，我的天哪！」瑪莉驚呼。

「坐下啊，小姐！」露西哀求地說，並將她的手壓在窗戶上。

她正向前奔跑，而且掉了一隻鞋，但她還是不願放棄。

「亞美利加小姐，快坐下啊！」站在我身旁的一名衛兵大叫道。

她跑到了高臺的階梯底部，我心急如焚。

「有攝影機啊！」我隔著玻璃對她叫道。

一名衛兵終於抓到她，把她壓制在地，她的四肢不斷揮舞，仍然奮力抵抗。

我的視線快速移到皇室成員的身上，他們所有人都盯著這個在地上掙扎的紅髮女孩。

「妳們應該回房間了，」我對著瑪莉和露西說，「她會需要妳們的。」

她們轉身奔跑回房。「你們兩個，」我對著衛兵們說，「去樓下確定一切的情況無虞。很可能有人會因此憤怒，做出失控的舉動。」

他們趕緊跑走，衝到一樓。我想和亞美利加在一起，此時此刻就想去她的房間找她。但在這種情況之下，我知道保持耐心是最重要的，她最好還是和侍女們在一起就好。

昨天晚上，我想到亞美利加可能會比我早回去家鄉，我請她等我，但我再次想到的是：國王能忍受這種事嗎？

我全身上下隱隱作痛，努力呼吸、思考，並消化這一切。

「太厲害了，」那名男侍驚呼道。「好勇敢。」

他從窗戶邊往後退，繼續他的工作，只剩我在納悶他指的是臺上的那對情侶、或是那名身上衣服髒兮兮的女孩。我站在原地，還在思考剛才發生的事情。鞭刑結束了，皇室成員們走出去，群眾們也解散，一群衛兵留下來拖走兩具癱軟的軀體，即使沒有意識，他們的身體似乎依舊靠著彼此。

2

我記得那些等待著跑去樹屋的日子，為什麼現在彷彿時光倒流？但這比以前的狀況還要慘一千倍，我知道出事了，我知道她需要我，但我卻不能去找她。

我最多只能和今晚替她守門的衛兵調班。在夜晚降臨、我能再見她一面之前，我只能先埋首工作。

我走到廚房，準備用遲來的早餐，這時聽見有人抱怨的聲音。

「我要看我女兒。」我認出那是辛格先生的聲音，但我從未聽過他如此絕望的聲音。

「很抱歉，先生。基於安全的理由，現在我們得請你出宮。」一名衛兵回答他。聽聲音來判斷應該是拉奇。我探頭望向角落處。果不其然，拉奇正試著安撫辛格先生。

「但是在那令人作嘔的公開處刑之後，你們就把我們關起來，我女兒也被你們拉走，而且我還沒見到她的人，我要見她！」

我作出自信滿滿的樣子接近他們，準備插手這件事。「拉奇軍官，這件事情讓我來處理吧。」

拉奇輕輕點頭並往後退。大多數時候，只要我表現出「由我負責」的樣子，人們就會聽命於我，這個方法簡單又有效。

等拉奇走到走廊上，我朝著辛格先生彎下身。「先生，在這裡，您不能這樣說話。您也看見剛才的事了，他們不過是親吻或是禮服的拉鍊沒拉好，就造成這種後果。」

亞美利加的父親點點頭，手指梳過頭髮。「我知道，我知道你說得沒錯。我不敢相信他們竟然逼她看那個，還讓玫兒看。」

「亞美利加的侍女們非常忠誠，我很確定她們正在照顧亞美利加，希望這樣說能讓您安心。我沒接到她被送去醫療中心的報告，所以她應該沒受傷，至少沒有身體上的傷。而且就我了解。」——天哪，我討厭說出這句話——「麥克森王子喜歡她勝過其他女孩。」

辛格先生對我露出一個淡淡的笑容，但跟他的眼神不太相符。「確實是。」

我努力抵抗，不去問他知道什麼。「我很確定，在她失去摯友的這段時間內，他會耐心體諒她的。」

他點點頭並壓低聲音，彷彿自言自語般地說：「我期望他不只是如此。」

「先生？」

他深呼吸一口氣並打直身體。「沒事。」辛格先生環顧四周，我看不出來他是讚嘆皇宮的美好，或是不屑這裡。「艾斯本，你知道的，如果我跟她說，她絕對有資格留在這個地方，她肯定不會相信。某方面來說，她是對的。她的好，已經超越這個地方。」

「雪洛姆？」辛格先生和我同時回頭，辛格太太提著行李、帶著玫兒正走到轉角處。「我們準備好了。你見到亞美利加了嗎？」

玫兒離開她母親身邊，趕緊縮到父親身旁，他一隻手臂環抱著她，像在保護她。「沒有，但是艾斯本會去看她。」

我從來沒說過那樣的話，但基本上我們就像家人一樣，他知道我會去看她的。我當然會。

辛格太太給我一個短暫的擁抱。「艾斯本，還好有你在這裡，這對我們來說是莫大的安慰。艾斯本，你比其他所有衛兵加起來還聰明。」

「可別讓他們聽見妳說的話啊。」我開玩笑說，她微笑並放開我。

玫兒跑過來，我彎下來一點，我們高度才差不多。「我再多抱妳幾下，妳可以去我家，替我抱抱我的家人嗎？」

她在我的肩膀上點點頭，我等她放開，但是她沒放開。突然間，她的嘴湊近我的耳朵說：「別讓任何人傷害她。」

「絕對不會。」

她更用力抓緊我，我也緊抱著她，好想保護她，不讓她受到傷害。

亞美利加和玫兒就像兩個書擋一般，雖然她們不曉得，但兩個人在許多方面都很相似。只是玫兒的個性比較柔軟，不那麼有稜有角。沒有人保護她，但她總能保護自己。我們剛開始交往的時候，亞美利加只比現在的玫兒大一點，但當時的她所做下的決定已經比那些年長者更勇敢。然而，亞美利加總會意識到有壞事發生、可能會造成不堪後果；玫兒則不會這樣，她會讓這些事經過她的生命，無視於世界上最糟糕的狀況。

我很擔心，今天的事已經讓她的純眞無邪消失了。

然後她終於放開手，我站起身來，朝辛格先生伸出手，他握著我的手，輕輕說：「我很高興有你在她身邊，這樣對她來說會有一點家的感覺。」

我盯著他，再度很想問他究竟知道些什麼。我猜想他至少有在懷疑什麼。辛格先生的眼神很堅定，我用之前受過的訓練，看著他的臉，想找出秘密。我不可能猜到他在隱瞞我什麼，但我很確定他有秘密。

「先生，我會照顧她的。」

他露出微笑。「我知道你會的，你也要好好照顧自己，有些人說在這個位置上工作比在新亞細亞還要危險。我們希望你平安回家。」

我點點頭。在這世界上有數不盡的詞彙字句，但從辛格先生口中說出的話，總能讓人覺得自己深受重視。

「從來沒人敢對我這麼粗魯，」轉角處有人咕噥說。「世上所有地方只有皇宮的人敢這樣。」

我們同時轉過頭，看起來賽勒絲的父母親也不是很高興皇宮要求他們離開。她母親拖著一個大行李，搖搖頭，認同她丈夫說的話，每隔幾秒就把金色頭髮甩過肩膀後面。我有點想走上前，遞個髮夾給她。

每一天，在全台的秘密基地裡，都有不同的故事在發生

Love X Story **一張寫給爸爸的母親節卡片**

母親節前的某天上午，秘密基地的電話鈴響了，話筒的那一端傳來微弱的聲音，喊了一聲「老師」，說他是蓁蓁的爸爸，要住進加護病房了！由於時間不多，希望可以先跟老師說一下，以免發生萬一……

Love X Story **我們不是專家，但是都專門愛小孩**

眼看著整個教室要被高漲的情緒風暴淹沒，基地老師一把抱住小晴，用所有的力氣緊緊抱住她，很專心地抱著她，被抱住的小晴僵著身體呼吸急促，老師一邊陪她一邊等待她漸漸平穩下來……

Love X Story **紙箱男孩的真實色彩與斜槓日常**

阿哲，剛升五年級，被診斷出有妥瑞症的孩子。自從在基地老師關愛的「寶座」上得到肯定和學習動力，有時，完成自己的功課後，阿哲會教一年級的學妹，陪她慢慢地一遍遍念出注音符號的拼音……

加入我們，陪伴孩子安心長大

來到秘密基地的孩子或多或少都帶了點「傷」。這些孩子們生活中的變動和不確定總比一般的孩子多一些，也因此常會從孩子的眼中看見警戒與疑惑。如何讓孩子安心，「建立關係」是重要的第一課，基地老師們用心陪伴和照顧，尊重孩子的步伐，給予孩子空間以外，還需要再加上時間的考驗下才有機會讓孩子放下心防，而我們認為「孩子在安心之後，學習才有機會化為成長的養份」。

陪伴孩子的過程中，不間斷穩固的力量很重要，邀請您和我們一起成就這些改變的故事，在孩子成長的過程中，成為他的靠山，陪他走一段路，等待他長出羽翼，成長茁壯。

更多愛的故事

立即行動支持

孩子的秘密基地
中華民國快樂學習協會
After School Association of Taiwan
對孩子的責任與承諾，
一旦開始就不能結束
目前服務 +2659 人 88 基地 18 縣市 86 鄉鎮
衛部救字第 1091364536 號

七年來，我們專注地守護著下課後的孩子，讓他們在「**孩子的秘密基地**」裡有人輔導做功課、有朋友相伴、有簡單的晚餐、疑惑有人可以解答、小小的心事有人傾聽。

一路以來，許多陌生的朋友一起加入了我們的行列，一點一滴、在全台灣合力打造出 88 個秘密基地，照顧了將近兩千七百個孩子。

然而，不間斷的陪伴需要一股穩定支持的力量。因此我們想邀請您響應每月【定期定額捐款】的支持，把每一份關心和愛送到各個基地，持續點亮「秘密基地」的燈火，持續陪伴 2,700 名國中小學的孩子，永不間斷。

孩子的秘密基地 免費課輔計畫

我們的初衷是陪伴弱勢小朋友的學習與成長。快樂學習協會長期深耕各縣市鄉鎮中經濟弱勢的國中小學生免費課後輔導。
同時也協助全台灣以免費課後輔導為服務項目的公益團體，希望結合民間力量，在孩子學習的道路上盡一點心力，當一盞陪伴的燈光。

立即行動支持

定期定額：每月固定金額捐款，成為一股穩定的助力。
單次捐款：立即支持，給予即時肯定的溫暖。
洽詢專線：(02) 3322-2297 周一至周五 09：00～18：00

「那邊的人，」紐桑先生對我說，「過來幫我提這些行李。」他把行李箱丟在地板上。

辛格先生開口說話：「他不是你的僕人。他在這裡是爲了保護你，你可以自己拿行李。」

紐桑先生翻個白眼並轉向他的妻子。「眞不敢相信，他們竟然拿那個第五階級的女孩和我們的寶貝相提並論。」他低聲說，但顯然希望我們都聽見。

「希望她不會被帶懷，變得懶惰。我們女兒太完美了，那個垃圾完全比不上。」紐桑太太又撥一次她的頭髮，我終於知道賽勒絲那些尖銳如爪的手段是從哪學來的。畢竟是第二階級，還能期待她怎樣呢？

我的視線幾乎無法離開紐桑太太那張邪惡又快樂的臉，但這時旁邊傳來嗚咽的哭泣聲，玫兒靠在她母親的襯衫上哭著，今天對她來說已經夠慘了，這無疑是雪上加霜。

「一路順風，辛格先生。」我低聲說。他對我點點頭並護送他的家人走過前門，車子已經在外面等待著。他們沒有道別就回家，亞美利加肯定會很生氣。

我走到紐桑先生面前。「先生，別在意他們說的話，把您的行李留在這，我會替您處理一切的。」

「好傢伙。」紐桑先生拍拍我的背說，然後順順他的領帶，拉著他的妻子一起離開。

他們一走出去，我便走到入口處旁的桌子，從抽屜裡拿出一支筆。這種事情做第二次鐵定會被抓到，所以我必須決定他們兩個我比較討厭誰，目前是紐桑太太（單純是因爲玫兒）。我拉開她的行李袋，塞進那支筆，並折斷它，我的手染上一點一點的墨水，但眼前有這麼多昂貴的衣服可以擦手，我手上的髒污很快就消失了。我看著紐桑夫婦上車，然後把他們的行李丟進後車廂，並露出一個微笑。雖然毀損紐桑太太一些衣服很大快人心，但我知道這對她來說根本不算什麼，她很快就會忘了，幾天後她就會有新衣服，但玫兒會永遠活在她那些話的陰影下。

我端著碗湊近胸膛，用叉子把蛋和切片香腸送進嘴巴，急著到外面去。廚房裡擠滿衛兵和僕人，狼吞虎嚥地吃東西，因爲他們要開始輪班了。

「他告訴她不管發生什麼事，他都愛她，」佛萊說，「我當時站在臺上，他不斷對她說，我聽得一清二楚。即使後來她昏倒，伍德沃克還是繼續說。」

兩名侍女仔細聆聽他說的每個字，其中一個還哀傷地歪著頭。「王子怎麼能對他們這樣？他們深愛彼此啊。」

「麥克森王子是個好人，他只是必須遵循法律而已，」另一名侍女冷不防地說。「但……完全沒有停嗎？」

佛萊點點頭。

第二名侍女搖搖頭。「難怪亞美利加小姐會衝上去。」

我在那張大桌附近繞著，移動到房間的另一側。

「她用膝蓋用力頂我，」瑞森告訴大家，想到這件事，他還作出痛苦表情。「我完全擋不住她，她一直跳，我幾乎沒辦法呼吸。」

我微微笑著，不過我能理解他的感受。

「那位亞美利加小姐眞是大膽。她這麼做，國王大可以把她關起來。」一名雙眼瞪大的年輕男侍很熱衷地說，似乎有點看好戲的心態。

我再次移動，怕自己再聽下去，會說出或做出什麼蠢事。我經過艾佛瑞，但他只是點點頭。看他的嘴巴和那雙眉毛，我就知道他想一個人安靜一下。

「情況本來可能更糟糕的。」一名侍女低聲說。

她的同件點頭稱是。「至少他們還活著。」

我無法逃避這些話語。大家的意見或許不完全相同，但我聽出了其中相同的評論。亞美利加的名字環繞著我，大家都在談論她。我發現自己感覺好驕傲，但下一刻這個情緒馬上轉爲憤怒。

如果麥克森眞的是個好男人，亞美利加根本不會面臨這種情況。

我又揮一下斧頭，將木柴劈開。陽光照著我赤裸的胸膛感覺很好，這種破壞性的動作有助於消磨我的憤怒——爲伍德沃克、瑪琳、玫兒、亞美利加以及我自己感到的憤怒。

我把另一塊木柴放好，大吼一聲之後劈下去。

「你是在劈柴還是要嚇壞那些鳥啊？」某個人說道。

我轉過身，看見幾公尺外有位年長者，他牽著一匹馬慢慢走來，身上穿著背心，表示他是在戶外工作的皇宮人員。他的臉布滿皺紋，但無法掩蓋他的笑容。我覺得自己好像在哪見過他，但又想不起來。

「抱歉，我嚇到馬了嗎？」我問。

「沒有，」他說，並走過來。「聽來你今天似乎很難受。」

「嗯，」我回答並再次舉起斧頭，「今天對每個人來說都很難受。」用力一揮，再次將木頭分成兩半。

「是啊，似乎是這個樣子。」他搓搓馬兒耳朵後方。「你認識他嗎？」

我停下來，不確定自己是否眞的想談。「不是很熟，但我們有很多共通點，我只是不敢相信會發生這種事，他眞的失去一切了。」

「呃，當你深愛著某人的時候，一切也不算什麼，尤其在你年輕的時候。」

我端詳那個男人，他顯然是馬廄的人員，不過我也可能猜錯，他的實際年齡可能比外表看來年輕，也許他經歷了什麼，令他看起來飽經滄桑。

「你說得沒錯。」我同意。我不是也願意爲了亞美失去一切嗎？

「若是時間倒轉，他還是會冒險，她也是。」

「我也是。」我看著地上喃喃自語說。

「孩子，你說什麼？」

「沒什麼。」我把斧頭荷在肩上，抓起一塊大木柴，希望他懂這暗示。

但是他靠著那匹馬。「你可以生氣，但那於事無補。你必須想想自己能從中學到什麼。目前爲止，你學到的似乎只是痛打無法反擊你的事物，拿這個出氣。」

我揮出斧頭，但是沒打中，我說：「聽著，我知道你想幫我，但我在工作。」

「這不叫工作，你只是把怒氣出在不對的地方。」

「嗯，那不然要出在哪裡？要拿刀砍國王的脖子嗎？還是砍麥克森王子？還是你？」我再揮一次，劈中木柴。「這樣是沒用的，對他們來說不痛不癢。」

「對誰來說？」

「他們啊，第一階級、第二階級。」

「你是第二階級。」

我放下斧頭，大吼：「我是第六階級！」我搥胸說。「不管他們給我換上什麼制服，我還是那個來自卡洛林納省的小孩，這點永遠不會變。」

他搖搖頭並拉著馬勒。「你似乎需要一個女孩。」

「我有心上人了。」我對著他的背說。

「那就讓她進入你的內心，別做這種無畏的戰鬥。」

3

我讓熱水流過全身上下，希望今天能隨著水流去。我不斷想起那名馬廄工作人員的話，他的話比今天發生的任何事都令人生氣。

我讓亞美利加進入我的心，我知道自己爲何而戰鬥。

我慢慢地將身體擦乾，試著讓更衣著裝的日常程序平靜我的心情。漿挺的制服擁抱著我的皮膚，隨之而來的是一股使命感和動力。我還有工作。

每件事都有其順序，而到了每天結束的時候，我總是會想到亞美利加。

走到三樓國王辦公室的路上，我試著專心。我敲門，來開門的是拉奇。我們向彼此點頭示意，我進入辦公室。面對國王，我大部分時候不覺得害怕，但是在這道牆內，我看見他只要動個手指，就能改變成千上萬人的命運。

「然後皇宮裡要禁止使用攝影機，」克拉克森國王說，顧問大臣在旁努力做筆記。「我很確定那些女孩們今天已經學到教訓，但是請詩薇亞替她們加強禮儀課程。」他搖搖頭說：「真無法想像那女孩是著了什麼魔，竟然做出這種蠢事，她可是大家最愛的人選。」

應該是你的最愛吧，我心想，我走過去。他的辦公桌又寬又暗，我輕輕伸手去拿那個箱子，裡頭裝著他要寄出去的信。

「另外，我們還要盯著那個跑上臺的女孩。」

我豎起耳朵，放慢動作。

顧問大臣搖搖頭。「國王陛下，根本沒人注意到她。女孩子就是這種情緒化的生物，如果任何人問起，你只要說她情緒激動就好了。」

國王停頓一下，坐在椅子上往後推。「也許吧，就連安柏莉都會有自己的情緒。話說回來，我還是不喜歡第五階級，她本來就該被踢出去，不該留到現在。」

顧問大臣若有所思地點點頭。「爲什麼你不直接把她送回家？隨便想個理由刪掉她？肯定能讓她離開。」

「麥克森會知道，他像老鷹一樣緊盯著那些女孩。不管怎樣，」國王說，倏地回到他的辦公桌前，「她顯然不夠格，遲早這一切會浮上檯面。必要的時刻，我們就會採取積極的手段。繼續吧，那些義大利人寄來的信在哪？」

我抽出那封信，迅速地微微彎腰行禮，然後離開房間。我不太確定該作何感想，我希望亞美利加離麥克森越遠越好。但是從克拉克森國王談論王妃競選的樣子看來，令人感覺事有蹊蹺，可能很黑暗。他一時興起的念頭，會不會讓亞美利加成爲受害者？而如果亞美利加「本來就該被踢出去」，那她留在這也是被安排的囉？安排她到這裡，只爲了把她刪掉？如果是這樣，有女孩是內定安排會被選上的嗎？她還在這裡嗎？

至少今天晚上我在亞美利加房門外站崗時，整個晚上都有事情可以想了。

我翻著手中的信，邊走邊讀著地址。

在小小的郵務室裡，三個較年長的男子正在分發送達和寄出的信件。裡面有個箱子上寫著「王妃候選者」，裝滿來自仰慕者的信件，我不確定女孩們看過多少那裡面的信。

「嗨，萊傑。你最近好嗎？」查理問道。

「不是很好。」我坦白說，並將信放在他手中，以免這封信消失在一大堆信之中。

「生活總是這樣有起有落的嘛，是吧？但至少他們還活著。」

「你聽說過那個跑上臺的女孩嗎？」默汀問，坐在椅子上轉著圈。「這件事不值得稱讚嗎？」

科爾也轉過來，他平常是個滿安靜的人，很適合郵務室這個地方，但就連他都對這件事感到好奇。

我點頭，雙臂交叉在前，然後說：「有，我聽過。」

「你覺得怎麼樣呢？」查理問。

我聳聳肩。大部分人似乎都認爲亞美利加的行爲就像個英雄，但我知道也有些人對克拉克森國王忠心耿耿，若是任何人敢在他們面前讚許亞美利加，可能會有麻煩。這個時候，中立的態度最保險。

「這整件事有點誇張。」至於是好的誇張或是壞的誇張，就留待他們自己解釋了。

「這點倒無庸置疑。」默汀客觀地說。

「我得去輪班了。」我說，結束這個對話。「明天見，查理。」我對他微微敬禮，他對我微笑。

「小心安全。」

我上了走廊，進入儲藏室拿職杖，但我不清楚這麼做有何意義，畢竟我比較喜歡槍。

我繞著樓梯，走上二樓，看見賽勒絲朝我走過來。她認出我的那一刻，她的行爲舉止都變得不一樣。她似乎和她母親有些不同，至少她還有羞恥心。

她謹愼地走到我面前，然後停下。「軍官。」

「小姐。」我鞠躬說。

她站在我面前，想著要說些什麼，看起來很精明。「我只是想確定，你知道我們昨晚的談話純粹是專業上的討論，對吧？」

我差點當著她的面笑出來。昨晚，她的手算是安分地放在我的背和手臂上，但是那碰觸帶有一些調情的意味，錯不了。她遊走在規定邊緣，差點就要逾矩了。我告訴她，在成爲一名衛兵之前，我是第六階級，她建議我應該朝模特兒界發展，不要留在軍中服務。

但她說出的完整句子是：「如果沒選上王妃，我們也算是相同階級，等你出宮的時候來找我。」

賽勒絲並不是那種乖乖等待的女孩，所以無論如何我都不覺得她是眞的喜歡我，況且我懷疑昨天晚上是因為她喝多了，才會說出那些話。但我們的對話結束之後，有件事是肯定的：她並不愛麥克森，他們根本不熟。

「當然。」我回答，我很清楚她的意思。

「我只是想給你職業上的建議，畢竟你現在的階級和過去有很大的落差，這會很難調適，我希望你一切順利，但我想說清楚，我對麥克森的情感忠貞不二。」

我差點想拆穿她的謊言，只差一點點。但我看見她的眼中流露出絕望，混雜著強烈的害怕。說到底，指控她也等於是指控我自己。我知道麥克森對她不重要，也不知道哪個女孩對他是重要的（至少不是她們應該的方式）。但譴責她或是玩個遊戲又會造成什麼後果呢？

「我也會全心全意保護他的，晚安，小姐。」

我看得出來她眼中還有些疑惑，也知道她不完全滿意我的答案，但是對這種女孩來說，有點恐懼感比較好。

我深吸一口氣，繞過轉角到亞美利加的房間，恨不得能走進去。我想抱住她，想和她說話，我在門前停下來，耳朵湊上去，聽見她侍女的聲音。所以她並非一個人，但接著我聽見她斷斷續續的呼吸聲，她哭到累了，邊抽著鼻子。

我無法忍受她竟然哭了一整天，這就是壓死駱駝的最後一根稻草。

我向她父母親保證麥克森對她特別用心，會好好安撫她，但如果她還在哭，那就表示他什麼也沒做。如果我注定無法擁有她，那他就得像對待公主一樣對她。只是目前為止，他失敗得一塌糊塗。

我知道——我就*知道*——她應該屬於我。

我敲著門，才不管什麼該死的後果。應門的是露西，她對我露出一個希望的微笑，光是這樣就讓我覺得自己或許幫得上忙。

「很抱歉打擾妳們，但我聽見哭聲，想確定妳們是否一切安好。」我緩緩地經過露西身旁，大膽地朝亞美利加的床鋪走過去。我們凝望彼此，她看起來好無助，我只能克制偷偷帶她遠走高飛的想法。

「亞美利加小姐，我很遺憾發生在妳朋友身上的事。我聽說她是妳很要好的朋友，如果妳有什麼需要，我隨時在這兒。」

她沉默不語，但我看得出來她正想起我們過去兩年的點點滴滴，想著那些回憶交織成我們希望擁有的未來。

「謝謝你。」她的聲音怯怯的，但又充滿希望。「你的善意對我而言意義重大。」

我對她露出極淺的微笑，但內心正熱烈歡呼。我曾經在各種光線下默默地觀察她。她的這些話，讓我確切知道：她還愛著我。

4

亞美利加還愛我。亞美利加還愛我。亞美利加還愛我。

我必須和她單獨談談，眞正單獨相處。這會費一番功夫，但我會想辦法。

隔天早晨，輪值前幾小時，我準備好動身。我查看衛兵任務公告，上面寫著清潔打掃班表、皇室成員、軍官、傭工的用餐時間，我細細閱讀，直到那些文字在我腦中重疊，讓我看見安全工作的漏洞。有時候我很想知道其他衛兵是否也會這樣做，還是只有我一個人看這麼仔細。

總之，我有個計畫。只要先傳話給她就行了。

這個下午我的任務是在國王辦公室門邊站崗，這是最無聊的工作。我喜歡到處走動，或至少在宮裡開闊點的地方。說眞的，在哪都好，只要能遠離克拉克森國王那冷冰冰的眼神就好。

麥克森坐在似乎是最近才搬進這房間的小辦公桌前，他試著工作，但今天的他看起來很不專心。我忍不住想，真是個笨蛋，竟然這麼不關心亞美利加。

上午過半的時候，一名進宮好幾年的衛兵史密斯衝進辦公室，大步走向國王，很快彎腰行個禮。

「國王陛下，兩位精英候選者紐桑小姐和辛格小姐吵起來了。」

房間裡每個人都停下來，看著國王。

他嘆一口氣說：「又是貓咪亂叫那種程度嗎？」

「報告陛下，不是，她們正在醫療中心，輕微受傷流血。」

克拉克森國王看著麥克森。「肯定是那個第五階級惹的禍，你可別對她認真。」

麥克森站起來，「父王，昨天的事情之後，她們都很緊張，我想她們一定很難接受瑪琳被處鞭刑。」

國王用手指指著他說：「如果是她先開始的，她就得離開，你自己很清楚。」

「那如果是賽勒絲呢？」他反問。

「若不是有人挑釁，一個高格調的淑女怎麼會自甘墮落，做出這種事？」

「都一樣，你會讓她退出嗎？」麥克森又回問。

「那不是她的錯。」

麥克森站起來，然後說：「我會弄清楚這件事，應該不是很嚴重。」

我好困惑，我不懂。他顯然沒有好好對待亞美利加，但爲何如此堅持留下她？如果他無法證明錯不在她，那我還來得及在她離開前見她一面嗎？

在皇宮裡，消息傳得特別快。過沒多久，我就知道是賽勒絲先開口傷人，但先動手打人的是亞美。我發誓，我要頒給我的好女孩一面獎牌。她們倆都可以留下來——似乎是她們的行爲互相扯平了——雖然聽起來好像亞美利加根本也沒做什麼。

聽見那些話，我更加確定她會回到我身邊。

我跑回房間。我得在僅有的幾分鐘之內，把所有事情做完。我快速寫了張字條，盡可能清楚明瞭。然後上二樓，在走廊上等待。等亞美利加的侍女們去用餐，我就進入她房間，想著該把這封信放在哪裡，但眞的只有一個地方能放，希望她會看見。

我回到大走廊上，幸運女神眷顧了我。亞美利加看起來並沒有流血，所以她肯定讓賽勒絲受傷了。她越來越靠近我，我看見她的一小塊肌膚腫起來，但正好被頭髮遮住。此外，她看見我時，眼神中閃爍著一絲期待與興奮。

天哪，好希望能和她坐在一起。我吸一口氣。現在必須克制，晚一點我們就能獨處了。

我們接近彼此的時候，我停下對她鞠躬，說：「罐子。」

然後我挺直背脊離開，但我知道她已經聽見我說什麼了。想了一會兒之後，她頭也不回，幾乎是以奔跑的方式邁向走廊。

我微笑著，很高興她又恢復活力了。這才是我的女孩。

「死了？」國王問道。「誰下的手？」

「國王陛下，我們不大確定，但我們懷疑可能是低階級、同情他們的人。」他的顧問大臣說。

我悄悄走去拿信，立刻知道他說的是在波尼塔的人。最近，有超過三百個家庭因爲有支持反叛軍的嫌疑，被降至少一個階級。看來爲了這件事，他們一定會反抗。

克拉克森國王搖搖頭，然後忽然用力拍桌子，我和房間裡其他人都嚇了一跳。

「這些人不懂他們在做什麼嗎？他們正在撕裂我們辛苦建立的一切，到底為什麼？為了追求他們可能缺少的利益嗎？我給他們安全的生活、井然有序的社會，而他們居然造反。」

當然啦，這個擁有一切、呼風喚雨的男人，是不會了解為什麼一個平凡的人會想要有相同的機會。

被徵召入伍時，我感到既害怕又期待。我知道有些人認為入伍等於被判死刑，但至少眼前的生活比過去卡洛林納省的文書或幫傭工作令人興奮多了。況且，自從亞美利加離開之後，那裡的生活也稱不上是生活了。

克拉克森國王站起來，來回踱步。「這些人必須被制止，波尼塔現在的行政首長是誰？」

「雷梅，他和家人決定暫時搬去其他地方，並且已經開始安排前任行政長官夏普的葬禮。即使困難重重，他對於這個新角色似乎很驕傲。」

國王伸出手。「看看這個男人，他都願意接受人生中命運的挑戰，為廣大的人民盡職責。為什麼其他人辦不到呢？」

我抱起信件。國王說話時，我靠他很近。

「我們要授予雷梅即刻將任何嫌疑刺客處死的權力，就算殺錯人，也會傳達出明確的警告。然後想辦法獎勵提供資訊的人，我們要在南方找一些眼線。」

我迅速轉身，希望沒聽見他剛剛說的話。我並沒有支持反叛軍，他們說穿了就是殺人兇手。但國王今天的行爲和公平正義無關。

「你，站住。」

我回頭看，不確定國王是否在和我說話。沒錯。然後我看著他隨手寫了封簡短的信，摺好，放在我手上的那疊信上。

「這個拿去，郵務室的男孩知道正確地址。」國王毫不在意地把它丟到我手臂的那疊信上，彷彿那一文不値。我站在那，無法動彈，無法承受那堆信件的重量。

「去吧。」他終於說，一如往常，我也遵從他的指示。

我接過那疊信件之後，以蝸牛的速度，慢步至郵務室。

這不干你的事情，艾斯本。你在這裡是爲了保護皇權，照做就對了。專心想著亞美利加就好，不管周圍的世界發生什麼事，只要能在她身邊就好。

我打直身體，做自己必須做的事情。

「嗨，查理。」

他看見我手上一大堆東西，吹起口哨。「今天很忙啊。」

「看來是如此。嗯，這裡有一封……國王手邊沒有地址，他說你有。」我指著最上面給雷梅的信。

查理翻開信件，很快看一眼，看看要寄去哪。最後，他看起來很疑惑，他確定背後沒有其他人，然後抬起頭看我。「你看過這封信嗎？」他輕聲問。

我搖搖頭。我沒有坦承自己已經知道內容，罪惡感油然而生，也許我可以制止這件事，但我只是做自己的工作而已。

「嗯。」查理喃喃地說，快速地在旋轉椅上旋轉，撞到一疊已經分類好的信件。

「拜託，查理！」默汀抱怨地說。「我花了三個小時才整理好的耶！」

「抱歉，我會整理好。萊傑，兩件事情跟你說。」查理拿起一個信封。「這是寄給你的信。」

我馬上認出那是媽媽的筆跡。「謝謝你。」我緊抓著信封，渴望知道她們的消息。

「不客氣，」他一派輕鬆地說，然後拿起一個金屬籃子，「另外，你可以幫我把這些廢紙拿去火爐燒掉嗎？應該立刻處理掉的。」

「當然。」

查理點頭，我把自己的信收好，這樣比較好拿那個籃子。火爐就在衛兵宿舍附近。我把籃子放下來，打開門，裡面的火很小，所以我小心翼翼地把紙丟進去，留點空間讓空氣流通，火才會變大。

若不是因爲我的動作如此謹愼，我也不會注意到給雷梅的信，就被塞在空信封和一大堆寫錯地址的碎紙當中。

查理，你到底在想些什麼？

我站在原地，掙扎著。如果我把這個拿回去，他就知道自己被抓到了。我想讓他知道自己被抓到了嗎？我眞的想要他被抓嗎？

我把信丟進去，看著它，確認它被燒盡。我已經完成我的工作，其他的信也都寄出去了，沒有人會責怪我，況且不知道這樣能救多少人的性命？

死傷、痛苦都已經夠多了。

我走開，把雙手洗乾淨。是對是錯終會有答案，眞正的正義終究會到來，無論是誰都得面對。只是因爲我們在這當下，一切都很難說罷了。

回到房間，我拆開信，很想聽見來自家鄉的消息。我不喜歡讓媽媽一個人在家，但是能寄錢回家，也算稍稍安慰，然而，我總是很擔心家人的安全。

而她們似乎也有相同的感覺。

我知道你愛她，但是別傻了。

她總是比我早兩步，很多事我不需要說，她就能猜到。在我告訴她亞美利加之前，她就知道她了。有些事，即使我隻字未提，她也知道我有多麼氣憤。而現在，即使她在這個國家遙遠的另一邊，還是提醒我別做出她認爲我一定會做的事。

我盯著信紙，國王看起來是個邪惡之人，但我應該能遠離他的魔爪。母親給我的引導從未出錯，但她不知道我有多麼擅長這份工作。我把那封信撕碎，在去見亞美利加的路上，順手把它丟進火爐。

5

我精密計算過，若亞美利加能在五分鐘內抵達這裡，就不會有人注意到我們。我知道自己在冒什麼樣的險，但我不能遠離她，我需要她。

門打開了一點縫，接著很快被關上。「艾斯本？」

以前，我也常聽到她如此溫柔的聲音。「就像以前一樣，對不對？」

「你在哪裡？」我從簾幕後走出，她倒抽一口氣，「你快嚇死我了！」她開玩笑說。

「這可不是第一次，也不會是最後一次。」

亞美利加很聰明，但不太擅長偷偷摸摸行事。她摸索地朝著房間正中央，試著靠近我，但是先撞到沙發，再撞到兩張邊桌，還踩到一張小地毯絆倒。我不想給她壓力，但她眞的得小心點。

「噓！妳再繼續撞東撞西，整座皇宮裡的人都要知道我們在這兒了。」我低聲說，玩笑多過警告的意味。

她咯咯笑著。「抱歉，我們不開燈嗎？」

「不開。」我往她的方向移動，「若有人看見門縫下的光線，我們可能會被發現，平常沒什麼人會檢查這個迴廊，但我不想做傻事。」

她終於找到我，肌膚相碰的那一刻，世界彷彿變得更美好。我擁抱她一下，再護著她走到角落。

「你怎麼會知道這個房間？」

我聳聳肩。「我是個衛兵，我很擅長這份工作，對皇宮裡裡外外瞭若指掌。我知道每個走道、所有藏匿點，甚至大多數的密室。而且，我碰巧還知道衛兵的輪班時間、哪個區域最少被檢查、什麼時候衛兵最少。如果妳想偷偷溜出去晃晃，找我就對了。」

若要簡單形容她的反應，那就是不可置信而且驕傲。她說：「太厲害了。」

我輕拉她一下，讓她坐在我身旁。我們僅有一小片微弱的月光，她的面容隱隱約約，我看見她微笑著，然後轉為認真。

「你確定這樣不會有事？」我懂她的心情，那天她看著伍德沃克的背和瑪琳的雙手，肯定想著如果我們被發現，就等著被羞辱、被剝奪一切，而且這還算幸運。但是我相信自己的專業。

「相信我，亞美。如果我們被發現，才是全天下最奇怪的事。我們很安全的。」她的眼裡還是疑惑。於是我環抱她，她也跌進我懷裡，我想我們同樣需要這擁抱的時刻。

「妳還好嗎？」終於可以開口問了，眞好。

她的嘆息聲沉重得令我震驚。「我想還過得去，我很傷心，也很生氣，時常希望過去兩天的事沒有發生過，瑪琳能回來，伍德沃克也是，我甚至還不認識他。」

「我認識他，他是個好人。」我突然想到他的家人，不知少了經濟支柱，他們要怎麼生活？「我聽說他在處罰過程中不斷對瑪琳說他愛她，努力幫助她撐過去。」

「確實是，至少一開始的時候是。還沒結束，我就被拖出去了。」

我微笑著並親吻她的頭。「我也聽說這件事了。」說完的當下，我發現自己並不是說「我也看見了」，爲什麼？我不是在宮中的人議論紛紛之前就知道了嗎？這似乎說明我是「透過別人的角度」來看待這整件事，而他們對她的看法正是驚訝和崇拜。於是我說：「我很驕傲妳是因爲反抗而走出去的，這才是我的好女孩。」

她更貼近我的懷抱。「我爸爸也覺得很驕傲。王后責備我，但也很高興我那麼做，眞的很矛盾。我的想法好像是對的，但結果又不是那回事，最後也無法帶來任何改變。」

我緊緊抱著她，不希望她懷疑內心的眞理。「我很確定妳做對了，對我而言意義重大。」

「對你而言？」

要坦承自己的疑慮很尷尬，但我必須讓她知道。「我時常在想，王妃競選是否改變了妳？妳究竟還是不是同一個亞美利加？如此的細心照料，一切都如夢似幻。這件事情讓我知道，妳一點都沒變，他們還沒毀掉妳。」

「喔，他們已經毀掉我了，但不是以你說的方式。大部分的時候，這個地方都在提醒我天生不是當上流階級的料。」

然後她的憤怒轉爲哀傷，她轉身面對著我，頭埋進我的胸前，彷彿只要夠努力，就能藏進我的肋骨下。我想讓她待在我的懷裡，靠在我的心上，這樣她就能成爲我的心的一部分，趕走她所有的痛苦。

「聽著，亞美，」我開口說，心知若要走向美好，必先經過險惡。「麥克森這個人就像一個演員。他總是戴上完美的面具，好像一副高高在上的樣子，但他也只是個平凡人，和我們每個人一樣不知所措。我知道妳在乎他，否則也不會留在這裡。但是妳必須知道，這一切都是虛假的。」

她點點頭，感覺早就知道，彷彿她自己有時候也預感會這樣子。

「妳最好現在就了解這點，等到結婚後才發現真相就太遲了。」

「我知道。」她吸氣說：「我自己也在想這個問題。」

我試著不去在乎她想像過嫁給麥克森的生活。這是王妃競選的一部分，早晚她都必須想這個問題，但那已經不重要了。

「亞美，妳很善良，我知道妳沒辦法裝聾作啞。沒關係的，有這樣的想法很好，我只是想告訴妳這些。」

她沉默不語，想著我說的話。「我覺得自己好蠢。」

「妳一點都不蠢。」我不同意她這麼說。

「我真的很蠢。」

我得讓她露出笑容。「亞美，妳覺得我聰明嗎？」

她的語調很輕鬆。「當然。」

「我確實是。我太聰明了，怎麼可能愛上一個笨女孩？妳就別再堅持了。」

她笑了一聲，輕如耳語，但已足以破除悲傷。王妃競選令我傷心，我也應該更了解她的傷痛。當初並非她想參加競選，而是我慫恿她，這是我的錯。

好幾次，我想替自己解釋，乞求她已給予我的憐憫。我不値得同情，但也許現在就是我請求眞正原諒的好時機。

「我感覺自己把你傷得好重，」她說，聲音中滿是羞愧，「我不懂你怎麼還能愛我。」

我嘆一口氣，她表現得好像需要被原諒的是她，但事實正好相反。

我不知道該如何向她解釋。沒有文字能完整解釋我對她的感覺，連我自己都不太懂。

「就像天空是藍的，太陽是光明的，艾斯本就會永無止盡地愛著亞美利加，世界本來就該這樣運行。」我感覺到她抬起臉頰，在我胸前微笑，如果我無法鼓起勇氣道歉，至少我該清楚告訴她，我們在樹屋的最後一晚是場意外。「說眞的，亞美，妳是我唯一想要的女孩，我無法想像和其他人在一起，我以爲自己已經做好失去妳的心理準備，但是……我辦不到。」

言語無法完全表達時，身體就會替我們說話。我們沒有親吻，只是靜靜地擁抱著，但這就是我們需要的。這感覺彷彿我們回到了卡洛林納省，我確定我們能回到從前，也許比從前更好。

「我們不能再待下去了，」我說，多麼希望這不是真的。「我對自己的躲藏能力很有信心，但也不想鋌而走險。」

她不情願地站起來，我把她拉過來，再抱她一下，希望這能支撐我，直到下次與她見面。她緊緊抱著我，像是害怕讓我走掉，我知道接下來的日子對她來說會很難熬，但無論發生什麼事情，我都會在這裡。

「我知道，妳很難接受麥克森竟然那麼差勁。我希望妳回到我身邊，但不想看到妳受傷害，更別說是讓妳那樣心痛。」

「謝謝你。」她喃喃地說。

「我是認真的。」

「我知道。」她猶豫地說，「但是只要我還留在這兒，一切就還沒結束。」

「是啊，我了解妳，妳會完成目標，這麼一來，讓妳的家人獲得金錢，但是麥克森得讓時間倒退，才能修正他的錯誤。」我的下巴抵著她的頭，盡可能地讓她靠近我。「別擔心，亞美，我會照顧妳的。」

6

我的意識模糊，大概是在作夢吧。我夢見亞美利加，她被綁在王位上，麥克森一隻手放在她的肩上，要她聽話。她擔心地看著我，想伸手抓住我。然後麥克森也看著我，像在威脅我，這個時候的他看起來就像他的父親。

我知道我得過去，將她鬆綁，然後逃走。但我也被綁住了，無法移動，就像伍德沃克被綁在刑架上一樣。恐懼的感覺竄流過我的皮膚，寒冷且必須努力撐著，無論我們多努力，都救不了對方。

麥克森走到一個墊子旁邊，拿起一頂精緻的皇冠，走回亞美利加身旁，為她戴上。雖然她眼神擔憂，但是當他把皇冠放上她亮麗的紅髮時，她沒有抗拒。然而那頂皇冠無法固定住，一次又一次地滑下來。

麥克森不放棄，他將手伸進口袋，拿出一把雙叉式的鉤子。他把皇冠擺好，把鉤子推進去，固定在亞美利加的頭上。鉤子刺進去時，我感覺背部有兩道巨大的傷口，灼熱的疼痛感令我大叫，我等著血流出來，但是並沒有。

然而，我卻看到鮮血從亞美利加頭上的針下流出，和紅色頭髮混雜著，黏在她的肌膚上。麥克森微笑著，推入一根針，再推入一根針，每次針插進亞美利加的肌膚，我就痛苦大吼，驚恐地看著從皇冠上流出的鮮血淹沒她。

我倏地驚醒。有好幾個月沒做這樣的惡夢，更別說是關於亞美利加的惡夢。我擦去額頭上的汗水，提醒自己這不是眞的。但那個鉤子引起的疼痛還留在肌膚上，我感覺頭暈目眩。

我忽然想到伍德沃克和瑪琳。在夢中，如果能讓亞美利加免於折磨，我會欣然接受所有痛苦。伍德沃克也一樣嗎？他是否曾經希望能承受雙倍的懲罰，以免除瑪琳的痛苦？

「萊傑，你還好嗎？」艾佛瑞問。房間仍一片黑暗，他肯定是聽見我翻來覆去的聲音。

「是啊，抱歉，我做了個惡夢。」

「酷，我自己也睡得不大好。」

只有資深衛兵房間才有窗戶，所以我們的房間一片漆黑，即使看不見，我還是轉過去面對他。

「你怎麼了？」我問。

「我不知道。我可以說出我的想法嗎？一分鐘就好。」

「當然可以。」艾佛瑞一直是很好的朋友。犧牲幾分鐘睡眠，聽他說話，這至少是我能爲他做的。

我聽見他坐起來的聲音，他仔細思考著，然後開口說話：「我一直在想伍德沃克和瑪琳，還有亞美利加小姐。」

「爲什麼呢？」我問，然後坐起來。

「起初，我看見亞美利加小姐爲瑪琳跑上臺時，我很生氣。難道她不清楚嗎？伍德沃克和瑪琳犯了錯，必須接受懲罰，國王和麥克森王子必須控制一切，不是這樣嗎？」

「嗯。」

「但是後來侍女和男侍們討論這件事時，好像在稱讚亞美利加小姐，我想不通，因爲我覺得她做錯了。但畢竟他們待在宮中的時間比我們長，也許他們見過更多例子，也許他們知道什麼。」

「如果他們眞知道什麼，而認爲亞美利加小姐沒有錯……那是我錯過什麼了嗎？」我也說出我的疑問。

我們正在討論一個非常危險的話題。但他是我的朋友，最好的朋友，我以生命相信艾佛瑞，在宮裡，我們眞的很需要盟友。

「這眞的是個好問題，値得深思。」

「確實是，就像有時我在國王辦公室站崗，原本在工作的王子若離開去辦事，克拉克森國王就會拿起他做好的工作，然後劃掉一大半，爲什麼？難道他連跟他談談都不願意嗎？我認爲他是在訓練他。」

「我不知道，也許是掌控他吧？」這麼說的時候，我知道這至少有一半是眞的。有時我懷疑麥克森不完全知道事實爲何。「也許到目前爲止，麥克森的能力還不符合國王的期待。」

「要是王子很有能力，只是國王不喜歡這點呢？」

我忍住不笑。「很難想像，麥克森似乎很容易晃神。」

「嗯。」艾佛瑞在黑暗中轉身。「也許你說得沒錯。只是人們對他和對國王似乎有不同感覺。而且人們對亞美利加小姐的評論聽起來像是：如果他們有選擇權，一定會選她當王妃。而如果她是那種反抗分子，是否意謂著麥克森也是這樣的人？」

他的問題正中我不想面對的核心。麥克森可能在反抗他父親嗎？若是如此，他也是在抗拒那頂皇冠、反抗王權嗎？我從來就不贊成君主制度，也不認爲自己能眞的討厭反抗君主制度的人。

但我對亞美利加的愛勝過一切，而麥克森是我們之間的阻礙，我想無論他做什麼、說什麼，我都不會覺得他是好人。

「我眞的不知道，」我誠實地說。「但他並沒有拯救伍德沃克。」

「是啊，但那不表示他贊成。」艾佛瑞打著呵欠說。「我想說的是，我們總是被訓練要觀察每個走進宮的人，找出任何潛藏意圖，或許我們也應該這樣觀察已經在宮中的人。」

我微微一笑。「也許你說得有道理。」我承認他說得沒錯。

「當然，我可是這裡運籌帷幄的首腦。」他窸窸窣窣地弄著毯子，再次睡好。

「快睡吧，聰明的首腦。明天我們還需要你的智慧呢！」我揶揄說。

「要睡了。」他安靜一分鐘才又開口說：「嘿，謝謝你聽我說話。」

「不客氣。不然朋友是幹嘛用的？」

「是啊。」他再打個呵欠。「我想念伍德沃克。」

我嘆了一口氣。「我知道，我也想念他。」

7

我並不是很討厭打針，只是通常那種痛得要死的感覺會持續一個小時。而且更糟的是，那一整天身體會感受到一股奇怪的爆衝能量。我發現一些衛兵會花幾個小時跑步，或是在宮中找較耗費體力的事做，就只爲了消耗熱量。所以艾許勒醫師很重視，每次都要限制接受注射的衛兵人數。

「萊傑軍官。」艾許勒醫師叫我的名字，我走進辦公室，站在他辦公桌附近的小檢驗桌旁。醫療中心夠大，足以容納我們，但感覺還是在隱密的空間進行比較好。

他向我點頭示意，我轉過去，把褲子腰頭拉下幾公分。冰冷的消毒海綿擦過，或是針頭刺進我的皮膚時，我都不允許自己跳起來。

「好了，」他高興地說。「去找湯姆領你的維他命和津貼。」

「是的，醫師。謝謝你。」

每走一步都隱隱作痛，但我掩飾得很好。

湯姆遞給我一些藥丸和水，我一飲而下，在小紙張上簽名後，拿走我的錢。把錢拿回房間放之後，我就出去尋找木柴堆了，那種想要運動、做事的感覺已經要將我淹沒。

我拿著斧頭，每揮一下，就覺得自己獲得迫切需要的釋放。今天我覺得能量爆表，打針、艾佛瑞的問題和昨晚的惡夢，都給了我能量。

我想到國王說亞美利加終究要被淘汰。而且，照她對麥克森這麼生氣的情況看來，她似乎不會被選上了。但我想知道，若是國王從來沒想過的人選贏得后冠，情況會是怎樣？

如果瑪琳曾是最受歡迎的人選，甚至是國王欽點的人選，那現在他的希望又是誰呢？

我試著專心，但在無法滿足的想運動的渴望下，我的思緒糊成一團。我揮了又揮，就這樣過了兩個小時，因爲已經無柴可劈，我才停下動作。

「需要的話，後面還有一大片森林。」

我轉過去，看見那位年邁的馬廄工作人員，他正微微笑著。

「我想差不多結束了。」我回答。我的呼吸恢復平順，打針最糟糕的副作用已經消退了。

他更靠近我。「你看起來好多了，比較平靜。」

我笑出來，感覺在血液裡作用的藥性已經趨於和緩。「我今天需要消耗的是另一種能量。」

他坐在伐木板上，看起來就像在自己家裡。我不知道該對這個人作何感想。

我把冒汗的手掌往褲子上擦，想著該說些什麼。「嘿，前幾天的事很抱歉，不是故意要爲難你，我——」

他舉起手示意。「別擔心，我不想那麼咄咄逼人。但是我看過許多人，讓壞情緒包圍，變得頑固、不知變通。最後他們錯過機會，無法讓自己的世界變得更美好，因爲他們永遠只看到最壞。」

不知道爲什麼，可能是他的語調或是容貌，總讓我覺得似曾相識。

「我懂你的意思。」我搖搖頭。「我不想要那樣，但我眞的好生氣。有時候，我覺得自己知道得太多，或做了自己無法彌補的事，然後那件事會一直盤旋在我的心中。當我看見那些不公不義的事情發生時……」

「你不知道該如何處理自己的情緒。」

「沒錯。」

他點點頭。「嗯，是我的話，會去思考好的部分，然後捫心自問，要怎麼把好的變得更好。」

我笑了。「我完全無法理解。」

他站起來。「好好想想我說的話吧。」

走回皇宮的路上，我試著回想自己可能在什麼地方見過他。也許他在進宮服務前，曾經到過卡洛林納省。很多第六階級都過著漂流不定的生活，無論他去過哪裡，見過什麼事，他並沒有讓命運擊垮自己。我應該問他叫什麼名字的，但我們好像常常碰到，我感覺我們很快會再相見。只要我沒有生氣、憤怒，其實他人也還不錯。

洗完身體後，我走回房間，仍想著那個馬廄工作人員的話。什麼才是好的部分？要如何讓它變得更好？

我拿起裝著津貼的信封袋，在宮中我一毛錢也用不著，因此我會把所有津貼都寄回家，通常是如此。

我隨手寫了張字條給媽媽。

抱歉，這次的錢比較少。有些事要處理。下個星期再寄多一點。

愛妳，艾斯本

我把比一半津貼還少一點的錢連同字條一起放進信封，擱在一邊。接著再拿出一張紙。

我曾經爲伍德沃克寫過十幾次信，所以已經牢牢記住他家地址。其實文盲人口比一般人想像中的多，但伍德沃克很擔心別人覺得他笨或是一文不值，所以我是唯一知道他秘密的衛兵，他只信任我。

一個人很可能在經過十年的教育之後，仍然什麼也沒學到，這和你住在哪裡、你的學校多大、裡面是不是有很多第七階級等等因素有關。

與其說伍德沃克是被忽略的族群，我會說他是被推入一個又深又廣的黑洞。

如今，我們不知他身在何方、過得如何、瑪琳還有沒有在等他。

伍德沃克太太，

我是艾斯本。關於您兒子的事，我們感到很遺憾。希望您一切安好。這是他最後的津貼。只想確認您有收到。保重了。

我是否該多說什麼？但我不想讓她覺得這是施捨，所以簡短就好。但也許我偶爾可以用匿名的方式，寄點什麼給她。

家人是最重要的，伍德沃克還在世上某個地方，我必須試著幫助他。

8

確定大家都睡了之後，我才打開亞美利加的房門，很高興她還醒著，希望她醒著是在等我。她歪著頭、朝我靠近的樣子，讓我覺得她希望今晚我在這兒。

一如往常，我讓門開著。我在她的床邊彎下身。「妳還好嗎？」

「我想還可以吧。」但我聽得出來並非如此。「今天賽勒絲拿了這篇文章給我看。我不確定自己還在不在意，眞是受夠她了。」

那個女孩究竟有什麼問題？她以爲用這種折磨人的手段，就能取巧得到后冠嗎？她還沒被淘汰，只再度證明了麥克森的品味有多差。

「我猜瑪琳走了之後，應該一段時間不會再有人被送回家，對吧？」

她有點哀傷，像用盡所有力氣才有辦法微微地聳個肩。

「嘿，」我把一隻手移到她的膝蓋上。「一切都會沒事的。」

她給我一個微弱的笑容。「我知道。我只是很想她，而且覺得很疑惑。」

「疑惑什麼？」我問，並換了一個適合聆聽、比較舒服的姿勢。

「所有的事情。」她的聲音好絕望。「我在這裡做什麼？我是誰？我以為我知道……天啊，我甚至不知道該怎麼解釋這一切。」

我看著亞美利加，了解到失去瑪琳、發現麥克森的眞實個性，讓她不得不面對那些事實的存在。這些事讓她清醒過來——但也許太快了。現在的她看起來疲憊不堪，害怕再採取任何進一步的行動，因為她不知道這一路上還會有多少事令她崩潰。亞美利加曾看見我失去父親、見到傑米被打，她曾看著我努力保護我的家人，給他們溫飽。但她只是看見過，並沒有經歷過。她的家庭完整，除了那位失敗的哥哥，她從未眞正失去什麼。

也許她只失去過你啊，你這笨蛋，我心裡某個聲音指控地說。我把這個想法趕走，現在的主角是她，不是我。

「妳知道自己是誰，亞美。別讓他們改變妳。」

她的手抽動一下，好像要往下碰觸我的手，但她並沒有這麼做。

「艾斯本，我可以問你一件事嗎？」她還是滿臉愁容，十分擔憂的樣子。

我點點頭。

「這個問題有點奇怪，但如果擔任王妃並不表示我要嫁給某個人，假設那只是一項指派給我的工作，你認爲我能勝任嗎？」

我從來沒想過她會問這個問題。真不敢相信，她竟然還在想當王妃這件事。話說回來，也許她不是這個意思。這是個假設性的問題，她並沒有說一定要嫁給麥克森。

想到她在公衆面前處理事情的方式，我可以猜想，當她面對關上門後的事情，肯定會令她覺得無助。她很擅長許多事，但……

「抱歉，亞美，我想妳沒有那種特質，不像其他人那樣工於心計。」

她皺起眉頭。「工於心計？怎麼說？」

我吐出一口氣，想著該怎麼向她解釋又不會說得太明。「亞美，我整天東奔西走的，總會聽到一些風聲。南方的形勢很混亂，就是在低階級人口密集的區域。那裡的老衛兵說，南方人從來不特別贊同葛雷格利．伊利亞的做法，所以那裡有很長一段時間都動盪不安。傳言說，王后之所以深得國王寵愛，部分原因就是王后來自南方，能讓情勢和緩一段時間，但現在看來已經不是這樣了。」

她思考一下我說的話。「這並不能解釋你所謂的工於心計。」

如果我告訴她我知道的事，會有多糟呢？但她爲我們的關係保密兩年，我可以信任她。「前幾天，在萬聖節活動之前，我在另一間辦公室聽到他們提起叛軍的支持者在南方。我被指派要看好那些公文，確保它們安全送達郵務中心。亞美利加，有三百個家庭遭到降階處分，就因爲他們沒有回報一些狀況，或是幫助被皇宮視爲威脅的人。」

她深吸一口氣，好像許許多多畫面出現在她的眼前。

「我知道很可怕。換作是妳呢？如果妳只會彈鋼琴，突然間要妳去做書記這種工作，妳可能連上哪兒混口飯吃都不知道，這還不夠明白嗎？」

她關心的事轉變了。「你……麥克森知道這些事情嗎？」

這是個好問題。「我想他一定知道。他自己就是統治階級的一分子。」

她點點頭，對這個算是男友的人，又多加了一個新的認知，她正在適應這所有的不同。

「別告訴任何人，好嗎？」我懇求她。「說溜嘴的話，我的工作就不保了。」

而且後果可能會更糟，我在心裡加上這句話。

「當然，我已經忘記你剛剛說的話了。」她的語氣輕鬆，試著掩飾憂心忡忡的感覺。見她這麼努力，我露出微笑。

「我想念和妳在一起、遠離這一切的時候，我懷念我們的老問題。」我感嘆地說。現在的我大概不會再氣她替我做晚餐了吧？

「我懂你的意思。」她咯咯地笑著說。「偷偷溜出我的房間，比偷偷溜出皇宮容易多了。」

「到處找一分錢幣來給妳，比什麼都沒辦法給妳好多了。」我敲敲她床鋪旁邊的玻璃罐。我總認為這罐子是個好跡象，我還沒進宮之前，她就把它放在身邊。「直到妳離開的前一天，我才知道妳把這些錢都存了起來。」我補充說，想起那些錢幣在我手裡的重量多麼驚人。

「當然！」她驕傲地大聲說。「你不在的時候，它們就是我的一切。有時候我會把它們倒在床上，再用手舀起來，擁有你碰觸過的東西感覺很美好。」

她和我一樣。只是我從未把她的物品留在身邊，我收藏的是每一個時刻，就像那是具體的事物。我時常回憶那些時刻，彷彿時間靜止。所以，我和她共度的時間，比她想像中的還多。

「你把那些錢拿去做什麼了？」她好奇地問。

我微笑著。「它們還在家裡等著。」在她離開之前，我就存了一小筆錢，想和她結婚時用。這些日子，我也請媽媽從我的津貼裡撥出一部分存起來，我想她知道我的用意。但所有存起來的錢當中，那些一分錢幣是最珍貴的。

「等什麼？」

等著舉辦美好婚禮，等著購買眞正的戒指，等著共築愛巢。「這個不能說。」我很快會把所有事情告訴她，我們還在努力找回過去的彼此。

「好吧，守好你的秘密。別擔心你什麼都沒給我，我很高興你在這裡，至少你能和我一起解決問題，雖然一切已經和以前不同了。」

我皺著眉頭。我們距離以前有那麼遙遠嗎？遙遠到她必須大聲說出來？不。對我來說不是這樣。我們依然是在卡洛林納省的那兩個人，她必須記住這點。

我想給她全世界，但現在我僅有身上的衣服。我低著頭，拔下一顆鈕釦，拿到她面前。

「我眞的沒什麼能給妳，但妳可以留著這個我碰觸過的東西，讓妳任何時候都能想起我，妳會知道我也在想妳。」

她從我手中拿起那個金色的小鈕釦，盯著它看，像是我給了她月亮一樣。她的嘴唇顫抖，並緩緩呼吸著，好像快哭了。也許我做錯什麼事了。

「我現在不知道該怎麼辦了，」她坦白說。「我感覺不知如何是好。我……我還沒忘記你，好嗎？一切感情都還在。」

她的手放在胸口上，手指緊緊抓著皮膚，儘管內心激動，但她試著平息下來。

是啊，我們還有很長的路，但如果我們同心協力，就不會感覺那麼漫長了。

我微笑著，這樣就夠了。「這樣就夠了。」

9

聽說國王要和所有精英候選者進行午茶會談，所以敲門的時候，我也知道亞美利加不會在房間裡。

「萊傑軍官，」安打開門時微笑地說，「眞高興見到你。」

聽見她說話，露西和瑪莉也走過來和我打招呼。

「哈囉，萊傑軍官。」瑪莉說。

「亞美利加不在這裡，她正在和皇室成員用午茶。」露西補充說。

「喔，我知道。我在想能不能和妳們聊聊。」

安示意我走進去。「當然可以。」

我走到桌子邊，她們趕緊把椅子拉出來給我坐。「不用，」我堅持說，「妳們坐就好。」

瑪莉和露西坐下來，安和我站著。

我脫下帽子，一隻手放在瑪莉的椅背上，希望表現得輕鬆點，能讓她們自在地和我說話。

「我們能幫您什麼忙？」露西問道。

「我在做安全巡視，想知道妳們有沒有發現任何不尋常的現象。也許這樣說有點傻，但即使是最微小的細節都能協助我們維護精英候選者的安全。」這確實是事實，只不過沒有人派我們來詢問。

安低頭沉思，露西則抬頭看著天花板想。

「沒有吧。」瑪莉開口說。

「有的話就是，萬聖節派對之後，亞美利加小姐變得比較安靜。」安提出這點。

「因爲瑪琳的事嗎？」我猜測。她們點點頭。

「我不太確定她是否放下了，」露西說，「我不是在怪她啦。」

安拍拍她的肩膀。「妳當然不是。」

「所以除了到仕女房集合或用餐的時間，她幾乎都待在房間囉？」

「是。」瑪莉肯定地說。「亞美利加小姐以前也會這樣，但最近這幾天……就好像只想躲起來一樣。」

從她的話中，我可以推斷兩個重要的事實。首先，亞美利加已經沒有再和麥克森獨處了。其次，我們相見的事也還沒人發現，即使最親近的侍女也不知道。

這兩件事讓我充滿希望。

「還需要我們做些什麼嗎？」安問道。我微微一笑，換作是我也會問同樣的問題，我總是設法解決問題。

「應該沒了，就像平常一樣留意妳們看見、聽見的事，如果覺得情況不對勁，請務必直接來找我。」

她們的臉流露期待的神情，眞是很容易滿足的女孩。

「萊傑軍官，你眞是一名優秀的衛兵。」安說。

我搖搖頭。「只是盡本分而已，妳們也知道，亞美利加小姐是我的同鄉，我也希望能照顧她。」

瑪莉轉向我說：「我覺得你們來自同一個省，現在你又幾乎像她的個人保鑣，眞的很有趣。你們在卡洛林納省的時候住得很近嗎？」

「算近吧。」我含糊其辭，不想讓別人覺得我們很親近。

露西露出一抹開朗的笑容。「你見過以前的她嗎？她小時候是什麼模樣？」

我忍不住笑出來。「碰過幾次，她就像小男孩，總是和她哥哥一起出去玩。個性和驢子一樣拗，而且我記得她非常、非常有才華。」

露西咯咯笑著。「所以基本上她以前就是這樣子了。」她說，這時全部人都笑了。

「是差不多。」我肯定地說。

這些話讓我百感交集。亞美利加對我來說是如此熟悉，即使在華麗的禮服與珠寶之下，她還是她，一點都沒變。

「我應該下樓了。希望能趕上《首都報導》。」我走過她們身邊，拿起我的帽子。

「也許我們應該和你一起下去，」瑪莉提議說，「時間差不多了。」

「沒問題。」對於皇宮職員來說，《首都報導》是我們唯一能看的電視節目，而且只能在三個地方觀看：廚房、工作坊（侍女們縫東西的地方）、一個大型交誼廳（但這個地方已經快變成工作的地方，而非交流的地方）。我比較喜歡在廚房看，於是我們前往廚房，安走在前面，瑪莉和露西跟我走在後面。

「萊傑軍官，我聽說皇宮有一些訪客，」安說。她停頓一下，然後繼續說：

「但也可能只是傳言啦。」

「不，那是眞的。」我回答。「我不是很清楚細節，但我聽說接下來有兩場宴會。」

「是啊，」瑪莉的口氣有點諷刺，「我只知道我又要被困在熨桌巾的地獄裡了。嘿，安，不管妳被分配到什麼工作，我們可不可以換一下？」她急忙跑到安的面前問，她們開始討論尙未確定的工作內容。

我對露西伸出手臂，說：「請。」

她微笑著，挽著我的手，頭抬得高高的。「非常好，先生。」

我們往走廊上移動，她們聊著還沒做完的工作，還要縫邊的禮服，我終於了解爲什麼和亞美利加的侍女相處時，我總是特別快樂。

因爲和她們相處時，我可以當個第六階級。

我坐在一個櫃檯前，露西坐在我的一邊，另一邊是瑪莉。安走來走去，提醒大家《首都報導》要開始了，安靜一點。

每次攝影機拍到那些女孩時，我都感覺得到好像哪裡不對，亞美利加看起來很失落。更糟糕的是，她極力掩飾那種感覺，但只讓人覺得更明顯而已。

她在擔心些什麼？

我的眼角餘光瞄到露西正扭著她的雙手。

「發生什麼事了？」我低聲說。

「小姐不太對勁，她的臉色怪怪的。」露西一隻手舉至嘴巴，開始咬指甲。「她發生什麼事了？賽勒絲小姐就像一隻四處覓食的貓。如果她勝選我們該怎麼辦？」

我伸手覆在她放在膝蓋上的那隻手，她奇蹟似地平靜下來，迷惑地看著我的雙眼。我有種感覺，大部分人總是會忽略露西的焦慮感。

「亞美利加小姐會沒事的。」

她點點頭，被我的話安撫。「但我喜歡她，」她低聲說，「我希望她留下來，感覺每個我需要的人都會離開我。」

所以露西曾失去過某人。或許很多人。我覺得自己對她的焦慮問題多了一點了解。

「嗯，未來四年妳都會見到我啦。」我用手肘輕推她一下，她微微一笑，淚水在眼眶裡打轉。

「萊傑軍官，你人好好。我們都這麼覺得。」她輕輕擦著睫毛。

「嗯，我也覺得妳們幾位小姐很好，我總是很高興見到妳們。」

「我們不是小姐。」她回答，並低下頭。

我搖搖頭。「瑪琳爲了重要的人犧牲自己，如果這樣的她能被稱爲小姐，那妳們當然也是小姐。在我看來，妳們每一天都在犧牲，把妳們的時間和精力給予其他的人，基本上是一樣的情況。」

我看見瑪莉伸長耳朵偷聽我們說話，然後又把注意力轉回電視上。安可能也注意到我說的話了，她看起來像是洗耳恭聽的樣子。

「萊傑軍官，你是我們認識最好的軍官。」

我微笑著。「在這裡的話，你們叫我艾斯本就行了。」

10

盯著牆壁看大約三十分鐘，你就會覺得無聊，覺得不過就是站著看什麼而已。現在已經過了午夜十二點，我能做的只有數著時間直到太陽升起，但我的無聊至少代表亞美利加安全無虞。

最近的日子過得平靜無波，除了確定有兩組人馬即將拜訪皇宮。

女人。好多女人。

這個消息有點令我精神振奮，進宮的若是女性，起碼身體動作比較不具侵略性，但假使說話的語氣錯誤，也很有可能會引起戰爭。

德國聯邦的成員是我們的老朋友，招待他們算是輕而易舉的工作，但義大利人則難以預料。

整個晚上我都在想亞美利加，想著她在《首都報導》上的表現究竟代表著什麼，但我應該不會想探問她這件事情，就讓她自己解決吧，如果她有機會與我分享，我會樂意聆聽。至於現在，她必須專注在即將到來的事情上。她留在皇宮越久，我就有越長的時間和她相處。

我轉動一下肩膀，聽見骨頭發出啪的聲音。還有好幾個小時。我打直身體，這時發現一雙藍色眼睛在走廊邊窺看。「露西？」

「哈囉。」她回答我並繞過轉角。瑪莉跟在她身後，手臂裡抱著一個小籃子，外頭用布蓋著。

「亞美利加小姐請妳們來的嗎？一切都還好嗎？」我伸手握著門把，準備替她們開門。

露西小心翼翼地將手放在胸前，看起來很緊張。「喔，沒事，一切都很好，我們是來看你在不在。」

我瞇起雙眼，把手收回來。「嗯，我在啊，需要我幫什麼忙嗎？」

她們看著彼此，然後瑪莉開口說：「我們注意到最近幾天你很常輪班，想說你可能會餓……」

瑪莉把那塊布掀開，裡頭放著各種小分量的食物，像是瑪芬、糕點、麵包，大概是準備早餐用剩的食物。

我給她們一點微笑。「妳們眞好。但首先，我不應該在値勤的時候吃東西。第二，妳們應該知道我是個強壯的男人。」我邊說邊撐起空著的那隻手臂的肌肉，她們咯咯地笑出來。「我可以照顧自己。」

露西歪著頭。「我們知道你很強壯，但是接受幫忙也可以是一種力量。」她的這番話幾乎令我屛息，多希望幾個月之前，有人能這樣對我說，我就不會這麼後悔了。

我看著她們的臉，好像亞美利加在樹屋最後一晚的表情：充滿希望、興奮、溫暖。我的視線移到那籃食物上，要繼續這樣嗎？拒絕這些少數眞正能讓我做自己的人？

「有個條件：如果有人來，就說是妳們把我壓制在地、逼我吃東西的。了解嗎？」

瑪莉嘻嘻地笑著，把那個籃子交給我。「明白了。」

我拿了個肉桂麵包，咬一口。「妳們也要吃，對吧？」我邊嚼邊問。

露西高興地拍著手，並開始往籃子裡挖，瑪莉也立刻跟著這麼做。

「所以妳們會壓制人嗎？技巧好嗎？」我打趣地說。「我的意思是，我想確認這齣戲不會被識破。」

露西摀住嘴巴，咯咯地笑著。「眞是太好笑了，那可不是我們受的訓練。」

我倒抽一口氣，驚呼說：「什麼？這個技能在這裡很重要耶。清潔打掃、服侍、徒手搏擊這三件事一樣重要。」

她們邊吃邊笑。

「我是說眞的。誰負責妳們的訓練，我得寫封信去說。」

「早上我們會跟侍女的領班提這件事。」瑪莉答應我。

「很好。」我咬一口，並搖頭假裝氣憤的樣子。

瑪莉嚥一下，然後說：「萊傑軍官，你好幽默。」

「叫我艾斯本。」

她再次微笑。「艾斯本，役期結束之後你會留下來嗎？我相信如果你提出申請，皇宮會讓你成爲永久的衛兵。」

現在我是第二階級，我知道我還想繼續當衛兵……但留在皇宮嗎？

「不會吧，我的家人還在卡洛林納省，所以如果可以的話，我會選擇在那裡服務。」

「眞是可惜。」露西低聲說。

「還不需要太傷心，還有四年的時間。」

她給我一抹淺淺的微笑。「是啊。」

但我看得出來她還有點在意。我記得露西曾說過她在乎的人都會離開，而不知爲何，我似乎也成爲對她重要的人，這感覺五味雜陳。她對我來說也很重要，瑪莉和安也一樣。但是她們與我的關係主要只是因爲亞美利加而已，我對她們來說是怎麼變成重要的人呢？

「你家裡人很多嗎？」露西問。

我點點頭。「我有三個弟弟，瑞德、貝肯和傑米，還有三個妹妹，坎蓓兒、希莉亞，她們是雙胞胎，然後艾菲是最小的。還有我媽媽。」

瑪莉動手把布蓋起來。「你爸爸呢？」

「他在幾年前過世了。」我終於找到一個地方，當我說著這些話的時候不會感到撕裂般的傷痛。以前我總是覺得要崩潰了，因爲我覺得自己還需要他，我們都需要。但我很幸運，因爲在較低階級的家庭中，爸爸很容易無緣無故消失，留下一家老小自生自滅。

但是我的父親已經爲我們盡了一切的力，一直努力到最後。因爲我們是第六階級，生活對我們來說是困苦的，但是他至少滿足我們的基本所需，讓我們保有一點自己的驕傲與認同感。我也希望能像他一樣。

在皇宮的薪水會比較好，但是離家近的話，更好照顧他們。

「我很遺憾，」露西輕輕地說。「我母親也在幾年前過世。」

知道露西失去至親讓我對她有了新的看法，她的行爲現在看來也更合理了。

「一切都不同了，對吧？」

她搖搖頭，眼睛盯著地毯。「但我們還是得往好的地方想。」

她抬起臉，表情帶著極細微的期望。我忍不住盯著她看。

「妳會這樣說眞的很有趣。」

她看著瑪莉，又看著我。「爲什麼？」

我聳聳肩。「就是很有趣。」我把最後一口麵包塞進嘴裡，擦去手指上的麵包屑。「小姐們，很謝謝妳們帶來的食物，但妳們該離開了。夜裡在宮中亂跑可不安全。」

「好。」瑪莉說。「反正我們也應該開始上搏擊課程了。」

「先往安的身上跳，」我建議她，「別小看出其不意的效果。」

她又笑了。「我們懂。萊傑軍官，晚安。」她轉身到走廊上。

「等一下，」我趕緊說，她們同時停下腳步。我朝著一面藏有秘密通道的牆壁點頭示意。「妳們可以走這裡回去嗎？我覺得這樣比較好。」

她們微笑著說：「沒問題。」

瑪莉和露西經過時對我揮揮手，但當她們走到牆壁邊、瑪莉推開門時，露西對她低聲說了些話，瑪莉點點頭，趕緊下去，但露西卻回來找我。

她的雙手不停扭絞著，接近我的時候，那些焦慮的小動作更明顯了。

「我……我不是很會說話，」她坦白說，身體有點前後晃動。「但我想感謝你對我們這麼好。」

我搖搖頭。「這沒什麼。」

「不，這對我們來說很重要。」我從未見她眼中出現過如此強烈的感情，「洗衣間和廚房的侍女常說我們幸運，但我們從不這麼覺得，除非有人眞正感謝我們，亞美利加小姐正是如此，我們從來不曾這樣期待過，而你也是這樣對我們的。

「你們想都沒想，就對我們那麼好，」她自顧自地微笑著。「我只是覺得你應該知道這樣的行爲很了不起，也許對安來說更是如此，但她絕對不會說出口的。」

我不知道該如何回應她。掙扎一會兒之後，我只能說出：「謝謝妳。」

露西點點頭，不確定自己還有什麼話要說，便走向秘密通道。

「露西小姐，晚安了。」

她回頭，好似我給了她全世界最珍貴的禮物。「晚安，艾斯本。」

她離去時，我的思緒回到亞美利加身上，她今天看起來好生氣，但她是否明白自己的態度也改變了身邊的人？她爸爸說得沒錯：她太好了，皇宮配不上她。

我得找時間告訴她，即使她自己不知道，但她眞的幫助了其他人。現在，我希望她好好休息，不要擔心，無論之前——

我猛然一轉頭，看見三名男侍跑過去，其中一名還不愼絆倒。正當我走向走廊邊，查看他們爲何奔跑的時候，警報器就響起。

今晚之前我從沒聽過這個聲音，但我知道這代表什麼：反叛軍。

我奮力往回跑，衝進亞美利加的房間。如果有人在逃跑，或許表示我們已經慢了。

「衰爆了、衰爆了、真的衰爆了！」我喃喃自語。她得趕快穿衣服。

「怎麼了？」她帶著睡意說。

衣服，我得找到衣服。「亞美，快起床！該死的鞋子在哪？」

她馬上掀開被單，雙腳踏進鞋子裡。「這裡！我得拿外袍。」她加了一句，一邊調整鞋子，一邊指著某處。我很高興她明白事態緊急。

我在她的床鋪末端找到一件捆著的衣服，試著找出哪邊是上那邊是下。

「算了，我拿著就好。」她把衣服從我手中抽去，我催促她到門邊。

「妳得快一點，」我警告說，「我不知道他們離我們多近。」

她點點頭。我感受到腎上腺素激增，流遍我全身，雖然我很清楚，但還是把她拉回來，在黑暗中緊緊擁抱著她。

我的唇覆上她的唇，一隻手糾結在她的頭髮裡，讓她緊靠著我。好蠢，好愚蠢，但這毫無疑問是眼下最正確的事。我們吻得好深刻，彷彿過了永恆那麼久的時間，但我們如此沉浸其中。她的嘴唇溫暖，她肌膚熟悉的味道也留在嘴唇上，是淡淡的香草味。我也聞到了依附在她的頭髮、臉頰和頸部的自然香氣。

好想留在這裡一整個晚上，我感覺到她也這樣想，但我必須讓她去安全的地方。

「趁現在，快走！」我下令說，並推她到走廊上。我頭也不回地繞過轉角，去面對即將發生的事。

我把槍從槍套取出，確認兩邊都沒有異常。我看見一名侍女的裙子窸窣作響地移動著，潛進一間安全密室。希望露西和瑪莉已經找到安，並躲進她們那區，遠離危險。

然後我聽見槍擊聲，錯不了，我跑到走廊上，朝著主要樓梯井走去。反叛軍似乎被控制在一樓，至少是一樓，所以我跪在牆角，看著彎曲的階梯，伺機行動。

一會兒之後，有個人跑上樓，不到一秒我就認出這個男人是入侵者。我瞄準他開火，打中他的手臂，反叛軍哀嚎一聲之後便倒地，然後我看見一名衛兵快步上前逮捕他。

走廊上砰砰砰的聲音告訴我，反叛軍已經找到側邊的樓梯，正朝著二樓前進。

「找到國王，就殺了他，有什麼拿什麼。讓他們知道我們已經在這兒了！」某個人大吼說。

我盡可能安靜地移動，朝著歡呼聲迴響的地方去，潛進角落，並不時重複查看走廊。某一次回頭窺看，我發現兩名穿制服的衛兵，我示意他們彎下身，慢慢移動。他們越來越靠近我，我才發現是艾佛瑞和泰納，我無法再要求更好的支援了。艾佛瑞的射擊能力極爲出色，泰納各方面都比我們優秀，因爲他要是不小心，失去的恐怕會比我們更多。

泰納是少數幾名已婚的衛兵。好幾次他告訴我們，他的妻子老是抱怨他把婚戒戴在拇指上，但那其實是他祖父的戒指，他們並不想改戒圍，所以，他向她保證，回家之後最先買的東西一定是戒指，同時也會替她買個更好的戒指。她就像是他的亞美利加。爲了她，他時時刻刻都專注小心。

「發生什麼事？」艾佛瑞低聲說。

「我想我剛才聽見他們領導人說話。他下令要殺害國王，有什麼偷什麼。」泰納站著，把槍舉至耳邊。「我們得找出他們，確定他們往樓上去，遠離安全密室。」

我點點頭。「他們人多勢衆，我們可能沒辦法處理，但如果我們小心行動，我想——」

走廊底端，一扇門砰地打開，一名男侍衛出來，兩名叛軍追在他後面。那是名在廚房服務的年輕男侍，他看起來嚇得失神。叛軍的手裡拿的是農耕的工具，所以至少不會對我們開火反擊。

我轉過去，站穩腳步，瞄準敵方。「趴下！」我大吼說，男侍聽話照做，我開槍擊中一名叛軍的腿。艾佛瑞打中另一名叛軍，但是他那一槍，無論有意或無意，都比我的那槍更致命。

「我去保護他們，」艾佛瑞說，「找出領導人。」

那名男侍起身，跑進一間任何人都能輕易進出的臥房，他錯以爲那就是安全的地方。

我聽見更多的尖叫聲，更多槍擊聲，知道這次叛軍突擊的行動肯定會造成慘重的結果，我的知覺變得敏銳，也更專注。我只知道必須完成眼前的任務。

泰納和我爬上三樓，找到幾張邊桌、藝術品，以及毀壞的植物盆栽。一名叛軍用他自己帶來的油漆，在牆壁上寫字，我很快移動到他身後，拿槍托打他的頭，他應聲倒地，我彎下身檢查他身上的武器。

一秒鐘之後，走廊的另一邊又傳來新一波的槍擊聲，泰納把我拖到一張翻倒的沙發後面，槍聲消失時，我們探頭評估損害。

「我數到六個。」他說。

「我算的也是。我可以撂倒兩個或三個。」

「夠了，剩下的人可能會突擊或是有槍。」

我環顧四周，拿起一個玻璃碎片，切下一小塊沙發布，包著玻璃，然後說：「他們如果太靠近可以用這個。」

「太好了。」泰納說，然後拿槍瞄準，我也照做。

我們迅速開槍，各解決兩名叛軍。另外兩名轉過身，朝我們跑過來，他們並沒有逃走。我瞄準他們的腿，因爲我記得要留活口下來訊問，但是他們的速度太快，我一槍都沒打中。

泰納和我看著一名笨重的男子擋在泰納那一側的走廊上，這時一名精瘦的老男人，露出兇惡的眼神，朝著我走過來，我把槍放入槍套，準備打架。

「該死，你那個比較好對付。」泰納說，然後跳過一張椅子，全速跑到他的對手那邊。

我比他慢一秒行動，那名年老叛軍衝向我，大叫並伸出像爪子的手。我抓著他一隻手臂，用我的臨時刀劃過他的胸膛。

頭。

他並不強壯，其實我有點可憐他。我抓住他的手臂時，輕易就能摸到他的骨頭。

他哀嚎一聲跪倒在地，我把他的手臂拉到背後，把他兩隻手臂和兩隻腳都用捆綁帶捆起來，正在綁帶子的時候，某人從後面抓住我，把我往旁邊的一幅肖像丟，我的額頭被玻璃割到。

我頭昏眼花，鮮血已流到我的眼睛，讓我更難以面對敵人。一股恐慌、害怕的感覺襲來，然後我才想起訓練時學的技能。當他從後面抓住我時，我蜷起身體，以槓桿力量給他一個過肩摔。

雖然他比我強壯，但他整個人摔到滿是物品殘骸的地板上。我伸手拿出更多捆綁帶，這時另一名叛軍朝我猛衝過來，把我撲倒在地。

我被固定在地板上，一個大塊頭男人跨坐在我肚子上，壓著我的手臂。

他對著我的臉說話，呼出潮溼惡臭的氣息。

「帶我去見國王！」他命令道，他的聲音就像砂礫。

我搖頭。

他鬆開我的手臂，一把抓起我的外套，我伸手揍他一拳。但是他又抓起我的衣服，把我的頭往地面砸，我的手馬上落到地板上。我感到天旋地轉，好像不能呼吸，那個叛軍用手掌抓著我的頭，要我面對他。

「國，王，在，哪？」

「不知道。」我倒抽一口氣說，努力抗拒頭痛的感覺。

「說嘛，帥哥，」他揶揄地說。「交出國王，或許我會饒你一命。」

我不能說出安全密室，就算我討厭國王的所作所爲，但透露他的位置等於置亞美利加於死地，我絕不能那麼做。

我可以說謊，說不定能爲我自己爭取一些時間逃走。

或許我可以說謊。

「四樓，」我騙他，「密室在東側，麥克森也在那裡。」

他微笑著，還發出短暫的笑聲，散發著噁心氣息。「你看，不是很難，對吧？」

我靜默不語。

「如果我第一次問你，你就告訴我，我就不會這麼做了。」

他雙手粗暴地掐著我的喉嚨，用力擠壓。加上我本來就頭暈目眩，這無疑是最痛苦的折磨，我的雙腳不停動著，扭擺臀部，想掙脫他，但於事無補。他的塊頭太大了。

我感覺四肢已經無法動彈，身體的器官都缺氧。

誰會告訴我母親？

誰會照顧我的家人？

……但至少我給了亞美利加最後一吻。

……最後一次的吻。

……一次。

矇矇矓矓之中，我聽見槍響的聲音，感覺那大塊頭叛軍全身癱軟，往一旁倒下。我再次吸入空氣，喉嚨發出奇怪的聲音。

「萊傑，你還好嗎？」

我的眼前一片黑暗，所以看不清楚艾佛瑞的臉。但我聽見他的聲音，這就足夠了。

11

因為許多軍官都被送進醫療中心，簡報大會就在這裡舉行。

「今天晚上，我方只損失兩名人員，這樣的結果對我們來說是一場勝利。」指揮官說，「綜觀敵方的人員武力，證明我方訓練有素，個人技巧極佳，因此沒有造成太多的傷亡。」

他停頓一下，好似要我們給點掌聲，但是大家已經疲憊不堪了。

「我們逮捕了二十三名叛軍，訊問後會進行審判，成績斐然。只不過，叛軍的死亡人數也令人失望。」他低頭看我們。「十七個，十七個叛軍死了。」

艾佛瑞低下頭，他已經承認其中兩名是他殺的。

「除非敵方直接對你們和其他軍官造成威脅，或是叛軍正在攻擊皇室成員，否則不准殺人，我們要留這些雜碎來問話。」

此時，醫療中心裡傳來幾聲低吼。我不喜歡這種命令。本來只要殲滅闖入皇宮中的叛軍，但因爲國王想知道答案，以致我們無法速戰速決。而且傳言說，他對叛軍嚴刑拷打、逼供問訊，我永遠都不想知道他們用的是什麼手段。

「總而言之，你們今天表現優異，成功地保住了皇宮，壓制住敵人。除了傷勢嚴重者之外，其他人請照今天的原訂計畫値勤。可以的話，就睡一下吧，然後準備工作，照現在的情況看來，今天會有很多事要做。」

男侍領班建議皇室成員和精英候選者最好待在皇宮外面工作，讓職員們將皇宮恢復成可以招待外賓的樣子。德國聯邦的女士們和義大利皇室成員過幾天就要來了，侍女們早就忙著準備了。

陽光炙熱、身體疲憊、還有身上漿好的制服，一切都讓人覺得不舒服。加上頭部撕裂傷的痛楚、被勒頸的瘀傷、還有連我都不記得怎麼會有的腳傷，我眞的只有一個慘字能形容。

這天唯一的好事是，這個安排讓我得以靠近亞美利加。她和克莉絲正坐在一起，計畫即將到來的活動。除了賽勒絲，亞美利加對其他女孩總是很友善，然而今天，她的肢體語言在在說明克莉絲讓她不悅，但克莉絲絲毫不以爲意，她邊和亞美利加聊天，不時偷看麥克森。亞美利加一直循著克莉絲的視線看，令我很不安，但我懷疑她的感覺有所改變，她看著他的時候，怎能不想起瑪琳尖叫的樣子？

帳篷和餐桌設在草坪上，看起來彷彿是皇室正要舉辦花園派對。若非我親眼看見，肯定不會相信皇宮才剛遭到攻擊。這裡每一個人似乎都想盡快忘記那場攻擊，繼續過著原本的生活。

我無法得知是否因爲想著昨天那場攻擊行動只會讓他們更害怕，還是大家只是純粹沒時間煩惱。我突然想，如果皇室願意停下來，仔細思考被攻擊的原因，也許會發現更好的預防方法。

「爲什麼這種事還要我操心，」國王說得有點大聲，然後把文件交給某人，並對他們輕聲下令：「把麥克森的筆記擦掉，那只會轉移重點。」

我耳中只聽到他的言語，但亞美利加卻占據我所有的視線。她小心翼翼地看我，我看得出來她很擔心我頭上的綳帶和腳傷。我對她眨眨眼，希望能安撫她。不知道值完今天的班之後，我能不能再和今晚守她房門的衛兵換班，但如果這是唯一的辦法——

「叛軍！快跑！」

我轉過頭對著皇宮大門，確定有人搞不清楚狀況。

「什麼？」馬克森大叫。

「叛軍！在皇宮裡面！」拉奇大吼說。「他們來了！」

我看見王后立刻起身沿著皇宮側邊跑，在侍女的掩護下，朝某個秘密入口前進。

國王連忙抓起他的文件。換作是我，不管那些是什麼文件，裡面有什麼資訊，我會更擔心自己的性命。

亞美利加還坐在椅子上，驚嚇得無法動彈，我往前一步想跑到她身邊，但麥克森擋在我面前，把克莉絲推給我。

「快跑！」他下令。但我擔心亞美利加，所以猶豫著。「快跑！」

我遵從命令，快步離開，克莉絲不斷喚著麥克森。下一秒，槍聲響起，一大群人湧出皇宮，衛兵和叛軍的人數幾乎相當。

「泰納！」我大吼，他正朝著交戰處走去，我把他攔下來，把克莉絲推給他。「跟著王后。」

他不假思索照我說的去做，我轉過身去找亞美。

「亞美利加，不！回來！」麥克森大叫，我循著他恐慌的視線，看見亞美利加瘋狂地朝樹林跑去，叛軍就跟在她後面。

不。

衛兵們開槍，發出了陣陣的聲響，更突顯了亞美利加急促而危險的步伐。叛軍們的包包裡塞滿東西，幾乎快追上她。他們看起來比昨晚的那群人更年輕健壯。不知道是不是那群人的孩子，想完成父母親起頭的事。

我掏出槍，站好姿勢，雙眼從後方瞄準一名叛軍的頭，很快開了三槍，但那男人蛇行前進躲到樹後，所以都沒射到。

麥克森情急地往森林的方向前進幾步，但他父親趁他還沒走遠就把他抓住。

「蹲低一點！」麥克森大吼說，並推開他父親。「你會打到她的！快停火！」亞美利加雖然不是皇室成員，但這時候我們直接開槍、不留活口，會有人對我們生氣嗎？我跑進樹林，再次站好姿勢，開第二槍，什麼也沒打到。

麥克森的手抓住我的領子。「我說蹲低一點！」

雖然我比他高兩、三公分，而且基本上我認爲他是個儒夫，但此時此刻他眼裡的憤怒贏得了我的尊敬。

「原諒我，殿下。」

他用力一推，放開我，轉過去，手梳過頭髮，我從沒看過他這樣踱步，令我想起他父親快要氣炸的樣子。

此時他表露於外的情緒，跟我內心的感受一樣。一位精英候選者不見了，我唯一深愛的女孩失蹤了，不知道她能不能擺脫叛軍，或是找到藏身處，我的心因恐懼而狂跳，同時又絕望地崩潰。

我答應過玫兒絕不讓任何人傷害她，但我失敗了。

我回頭看，不知道自己期望看見什麼。女孩們和其他的職員都躲進安全處了，只剩下王子、國王，還有十幾名衛兵還留在那兒。

麥克森最後終於抬頭看我們，他的眼神就像是被囚禁的動物。「去找她，現在就去找她！」他大吼說。

我好想立刻跑進森林裡，在其他人之前找到亞美利加。但我要怎麼找到她？

馬克森往前站一步。「來，夥伴們，先整隊。」我們跟著他走進田野。

我的腳步緩慢，試著穩住自己，現在我得保持機警。我們一定會找到她，我對自己承諾。**她比任何人所知的都要堅強。**

「麥克森，去找你母后。」我聽見國王下令說。

「你在開玩笑吧，亞美利加失蹤了，我怎能好好坐在某個安全室裡？她有生命危險。」我轉過頭，看見麥克森彎著腰用力喘息，好像想到那個情況就要吐出來。

克拉克森國王把他拉起來，用力抓著他的肩膀搖晃，然後說：「振作點，你必須安全無虞，現在就離開這裡。」

麥克森握緊拳頭，微微彎起他的手肘，有那麼一瞬間，我眞的覺得他要揍他父親。

也許我沒有資格說什麼，但我感覺如果麥克森眞有那個意思，國王會大義滅親，而我可不想那傢伙死掉。

緊張地吸了幾口氣之後，麥克森用力一扭，甩開他父親的手，用力踏步走進皇宮裡面。

我趕緊把頭轉回去，希望國王沒發現有人注意到他們的互動。我越來越想知道國王爲何不滿意他的兒子，但經過這件事之後，我忍不住認爲事情肯定不單純，絕對不只是因爲文件上筆記的內容不好。

國王似乎很擔心他兒子的安全……但爲什麼他對他兒子的態度總是帶有一點

侵略性？

馬克森開口說話時，我已趕上其他衛兵。「你們有人熟悉這片樹林嗎？」

我們沉默不語。

「就像你們看到的，這是一片枝葉茂盛、向外延伸的寬廣樹林。皇宮的牆壁距離這裡一百二十多公尺，但是面對樹林的牆壁已經年久失修，叛軍要走過損壞的部分並不難，尤其他們剛剛已經輕易經過比較難走的地方。」

嗯，太好了。

「我們排成一直線，緩慢行走，一路上尋找足跡、掉落的食物、彎曲的樹枝，以及任何他們帶走她的線索。如果天色變暗，我們就回去拿手電筒，搬些新救兵。」

他看著我們所有人。「我不想空手而回。活要見人死要見屍，我們今晚一定要給國王和王子交代，明白了嗎？」

「是的，長官。」我大聲說，其他人也跟著說。

「很好，散開吧。」

我們才走幾公尺，馬克森就伸出手，要我停下腳步。

「萊傑，你的腳傷看起來很嚴重，眞的可以嗎？」他問。

我的血快要流乾，但此時的我就像麥克森一樣憤怒，我怎麼可能不去找她？

「長官，我很好。」我發誓說。

馬克森再次看著我。「我們需要的是健壯的團隊，也許你應該留在後面。」

「不，長官，」我很快回答。「長官，我從來不違抗命令，別逼我。」

我的眼神堅決，抵死不從，我確定他也從我盯著他的眼神中看見我的決心。他的臉上露出微微的笑容，點了點頭，朝樹林走去。

「好，一起行動吧。」

一切緩慢地進行著。我們叫著亞美利加的名字，停下來聽聽是否有人回應，此時連一點風吹草動都能騙得了我們。有人發現足跡，但是泥土很乾，沒兩步痕跡就消失了，害我們徒勞無功。有兩次，我們在較低的樹枝上發現衣服布料，但那和亞美利加身上的布料不同。最糟的是，我們發現幾滴血。我們停留了一個小時，找遍每棵樹木的隱密處，檢查每一處可能被翻起的泥土。

夜晚降臨，很快我們就會陷入一片黑暗。

其他人繼續前進，我停下來一分鐘。無論如何，我一定會找到我的美人。微弱的光線灑落林葉之間，簡直不像陽光，而是幢幢的鬼影。樹木彼此相接，好像渴望著陪伴，這個地方只給人陰森的感覺。

我必須做好心理準備，有可能我們離開時還找不到她，或者更慘的是，我們可能會帶著她的屍體回去。

這個想法令人崩潰。世界上如果沒有她，我該爲誰奮鬥？

我試著想些美好的事，但她是我心中唯一美好的事。

我把眼淚吞回去，堅強地站著。我得繼續努力。

「仔細檢查每個地方，」馬克森提醒我們，「如果他們殺了她，可能會把她吊起來或是埋起來，小心查看！」

他的話又讓我覺得不舒服，我努力忽略他的話。「亞美利加小姐！」我叫道。

「我在這裡，」我豎起耳朵聽那聲音，害怕得不敢相信。「我在這裡！」

亞美利加光著髒兮兮的腳跑過來，我把槍收好，張開雙臂迎接她。

「謝天謝地，」我感嘆說，多希望當下就能親吻她。但她還呼吸著，並且在我懷裡，這樣就足夠了。「我找到她了！她還活著！」我朝著其他人大聲說，看著其他穿制服的衛兵走向我們。

她有一點顫抖，我看得出來這一回眞的嚇壞她了。

無論她的腳有沒有受傷，我無論如何都要把她抱在懷裡。我抱起她，她用雙手環抱著我的頭。「我快嚇死了，我以爲我們會找到妳的屍體。」我坦白說，「妳有受傷嗎？」

「我的腳受了點傷。」

我往下看，有幾道傷口流著血，但回頭想想，我們已經很幸運了。

馬克森停在我們面前，壓抑著找到她的欣喜之情。「亞美利加小姐，妳有受到任何傷害嗎？」

「只是腳上有些刮傷而已。」

「他們有企圖傷害妳嗎？」他繼續問。

「沒有，他們沒有追上我。」

這才是我的女孩。

所有的人聽到她這麼說，都露出又驚又喜的表情，但馬克森是目前爲止最高興的人。「我不相信，其他女孩都沒有跑贏他們！」

亞美利加呼了一口氣並微笑說：「其他女孩都不是第五階級。」

我笑了，其他人也笑了。身處低階級的經驗並非一無是處。

「好樣的，」馬克森拍拍我的肩膀，並看著亞美利加。「我們送妳回去吧。」他帶領我們前進，一邊發號施令。

「我知道妳手腳很快，又聰明，但我還是擔心死了。」我們向前移動時我對她說。

她的嘴唇對著我的耳朵說：「我對那位軍官說了謊。」

「什麼意思？」我低聲說。

「最後他們還是有看到我。」我瞪著她，想知道是多麼糟糕的情況，讓她不想在其他人面前承認。「他們什麼都沒做，但有個女孩發現我的藏身之處，她對我行個禮之後就走掉了。」

我鬆了一口氣，但很困惑，又問：「行禮？」

「我也很驚訝。她看起來完全沒有怒意，也不具威脅。事實上，她看起來就像個普通女孩子。」她停頓一下，又說：「她拿了書，很大量的書。」

「叛軍似乎常常這樣。」我告訴她，「我們完全不懂他們拿書做什麼。我的猜測是點火燃燒，他們住的地方可能很冷。」

答案越來越明顯，叛軍只是想毀掉皇宮的一切——精緻的物品、城牆，甚至是安全感——奪走國王最重要的資產，就只是想燒東西而已，他們的行爲就像是在比中指羞辱君主制度。

假如沒見過他們殘忍的行爲，我會覺得他們的行爲很有趣。

其他人已經靠我們很近，所以後來我們便保持安靜。亞美利加如此靠近我，這趟路程因而變得短暫，我希望這段路長一點。今天以後，我希望她不要再離開我的視線了。

「我接下來幾天可能很忙，但我會盡快去看妳的。」看到皇宮時，我對她低聲說。現在，我得把她還給他們了。

她歪著頭看我，然後說：「好。」

「萊傑，帶她去找艾許勒醫生，然後你就可以休息了。今天表現很好。」馬克森說，再拍拍我的背部。

走廊上還擠滿皇宮職員，正在清理第一次攻擊後的慘況。我們抵達醫療中心時，護士趕緊上前幫忙，所以我就沒機會再和亞美利加說話了。我把她放在床上，看著她襤褸的衣服和受傷的雙腿，忍不住想這一切都是我的錯。追根究柢，我知道是自己讓她變這樣的，我得彌補這一切。

那晚，我偷偷溜進醫療中心，亞美利加正在睡覺。她身上的髒污已經清洗乾淨，但就連睡覺時，還是一臉擔憂。

「嘿，亞美。」我低聲說，繞著她的病床走。她一動也不動。即使可以藉口說是來看看我救回來的女孩，我也不敢坐下。我站著，身上穿著剛熨好的制服，這身衣服是只爲了和她說這些話的幾分鐘而穿。

我伸手碰她，又馬上抽回來。我看著她的睡臉說話。

「我——我是來向妳道歉的。我是說關於今天的事。」我深呼吸一口氣，「我應該跑去找妳，保護妳，但我沒有，而妳可能會因此死去。」

睡夢中，她的嘴唇時而緊閉，時而微張。

「眞的，我要道歉的還不只如此，」我坦承說。「對不起，在樹屋時對妳生氣。對不起，要妳交出競選表格。我只是覺得……」我嚥了嚥口水，「應該爲妳做出正確的決定，妳是唯一讓我這樣想的人。」

「我沒辦法救我爸爸，也沒辦法保護傑米，我只能讓家人勉強溫飽。我只是以爲，也許藉著王妃競選的機會，妳可以擁有我無法給予妳的生活。我說服我自己，這才是正確的愛妳的方式。」

我看著她，希望自己有那個勇氣對她當面坦白，她可以跟我吵架，告訴我當初我錯得多離譜。

「亞美，我不知道能否讓一切恢復原狀，不知道我們還能否像過去一樣。但我不會放棄努力，妳就是我要的人，」我聳聳肩說，「全世界我只想爲妳奮戰。」

還有好多的話想說，但我聽見醫療中心的門打開。即使在一片漆黑之中，我還是能認出麥克森的西裝，不會錯的。我快步離開，低著頭，假裝只是在輪班值勤。

他走向亞美利加的病床時，並沒有認出我，甚至沒注意到我。我看著他拉出一張椅子，在亞美利加的身旁坐下。

我忍不住嫉妒他。從在她哥哥的公寓那天起——從我知道自己對亞美利加的感覺的那天起——我就被迫只能遠遠地愛著她。但是麥克森能坐在她身旁，觸摸她的手，而他們之間的階級差距並不重要。

我在門邊停下來，看著他們。王妃競選磨損了我和亞美利加之間連結的那條線，而麥克森就是那個磨損我們的利器，如果他太接近，甚至能完全切斷這條線，但我不清楚亞美利加願意讓他靠得多近。

我只能等待，給亞美利加時間思考。真的，我們都需要時間。

只有時間能給我們答案。

國家圖書館出版品預行編目資料

決戰王妃外傳：王子與侍衛 / 綺拉.凱斯(Kiera Cass)著；賴婷婷譯. -- 初版.
-- 臺北市：圓神, 2014.08
200面；14.8×20.8公分 --（當代文學；123）
譯自：The prince & the guard
ISBN 978-986-133-510-0（平裝）

874.59　　103012225

The Eurasian Publishing Group 圓神出版事業機構 用心與你對話．視野無限寬廣
圓神出版社 Eurasian Press

http://www.booklife.com.tw　　reader@mail.eurasian.com.tw

當代文學 123

決戰王妃外傳：王子與侍衛

作　　者／綺拉・凱斯（Kiera Cass）
譯　　者／賴婷婷
發 行 人／簡志忠
出 版 者／圓神出版社有限公司
地　　址／台北市南京東路四段50號6樓之1
電　　話／（02）2579-6600・2579-8800・2570-3939
傳　　真／（02）2579-0338・2577-3220・2570-3636
郵撥帳號／18598712　圓神出版社有限公司
總 編 輯／陳秋月
主　　編／林慈敏
責任編輯／林慈敏
美術編輯／金益健
行銷企畫／吳幸芳・凃姿宇
印務統籌／林永潔・高榮祥
監　　印／高榮祥
校　　對／連秋香・林慈敏
排　　版／莊寶鈴
經 銷 商／叩應股份有限公司
法律顧問／圓神出版事業機構法律顧問　蕭雄淋律師
印　　刷／祥峰印刷廠

2014年8月　初版
2021年4月　13刷

The Selection Stories: The Prince & The Guard
Copyright © 2014 by Kiera Cass
Complex Chinese language edition published in agreement with New Leaf Literary & Media, Inc., through The Grayhawk Agency
Complex Chinese translation copyrights © 2014 by Eurasian Press
All rights reserved.

定價 260 元　　ISBN 978-986-133-510-0　版權所有・翻印必究

◎本書如有缺頁、破損、裝訂錯誤，請寄回本公司調換　　Printed in Taiwan